Jürgen Meyer

Mein kleiner

Schalker

Fummler

Bibliografische Informationen der Deutschen Nationalbibliothek.
Die Deutsche Nationalbibliothek verzeichnet diese Publikation
in der Deutschen Nationalbibliografie, detaillierte bibliografische
Daten sind im Internet über http://dnb.dnb.de abrufbar.

© 2018 Jürgen Meyer
Herstellung und Verlag: BoD – Books on Demand, Norderstedt

ISBN: 9783748132165

Alles über Ede

Ein kleiner Mann erzählt sein langes Leben im Ruhrgebiet. Ungewöhnliche Geschichten sind das. Was ist echt, was ist erfunden? Im Zeitalter von „Fake News" darf auch der kleine Fummler Ede Maslowski etwas „Großartiges" von sich erzählen...

Der Herr Maslowski

Die erste Begegnung mit ihm war so kraus wie der ganze Kerl. Ohne anzuklopfen wurde von außen vorsichtig die Tür geöffnet. Ein Mann mit Halbglatze und schütterem Haarkranz und nur geringfügig größer als die Höhe der Türklinke steckte den Kopf durch den Spalt. "Ich geh dann mal", sagte er, schloss die Tür sofort wieder ganz vorsichtig und ohne Knall.

"Was war das denn für eine Nummer?" fragte ich meine Tante Carola, bei der ich in ihrem Zimmer im Altenheim St. Josef zu Besuch war. Die lachte über meine Verblüffung: "Das war Ede." Und dann: "Die Nummer, wie du es nennst, wiederholt er jeden Tag."

Alles über Ede - da waren ein paar Fragen offen. Vorrangig die: "Ist das dein kleiner Verehrer?"

Tante Carola war zwar schon etwas über 80, aber doch noch sehr gut in Schuss. Zu groß für Ede, schlank und ein

bisschen schroh mit ihrem leicht haken-
nasigen Gesicht. Früher war sie mal, das
kann man so salopp ohne weiteres sagen, früher war sie tatsächlich ein
Schuss. Dass die wenigen Männer unter
der Vielzahl der weiblichen Alten im Josef
ihr mit einer wohl länger verschütteten
Galanterie begegneten, eigentlich kein
Wunder. Sie genoss es.

Hatte auch Ede ein Auge auf sie geworfen? Carola zuckte mit den Schultern.
"Er hat das noch nie zu erkennen gegeben. Er kommt, sagt unvermittelt und
ohne zu grüßen: Ich geh' dann mal. Das
ist es schon." Dass er ein Auge auf sie
geworfen hatte konnte man danach nicht
unbedingt sagen. Denn wenn sie sich auf
den Gängen des Heims begegneten oder
auch schon mal im Speisesaal, dann
senkte Ede sofort die Augen, blickte verschämt und wie ertappt weg wie ein Pen-
näler, der sich nicht traut, seiner ersten
Angebeteten seine aufflammende Liebe
zu gestehen.

Carola hatte sich bei der Heimleitung
über Ede erkundigt. Nicht, weil sie sich
von ihm belästigt fühlte. Eher das Gegen-
teil war der Grund für ihr Interesse. Im

8

täglichen Einerlei des Altersheim-Lebens war es für Carola mittlerweile wie eine Unterbrechung der quälenden Langeweile, wenn Ede seinen Blitzbesuch machte. Carola war sogar schon öfter richtig unruhig geworden, wenn er sich bei seinen zeitlich unregelmäßigen Auftritten zu sehr verspätet hatte.

Die Heimleitung hatte sie beruhigt: "Der ist leicht dement, aber harmlos. Der tut nichts." Er tat zumindest nichts, um den Kontakt zu Carola über seine Blitzbesuche hinaus zu vertiefen.

Kontakte zu anderen im Heim pflegte er auch nicht. Nur mit Willi Bongarts saß er recht regelmäßig auf dem Bänkchen neben der Kirche, die Namengeber des Heims war. Carola über Ede: "Ich habe gehört, dass er dem Herrn Bongarts dann zumeist etwas über seine Karriere als Fußballer von Schalke erzählt. Aber der Herr Bongarts ist ja immer total weggetreten. Ich glaube nicht, dass der überhaupt etwas von dem mitkriegt, was der Ede ihm so alles von sich erzählt."

Alles über Ede und seine Karriere als Fußballer, da wollte ich mehr wissen.

Carola konnte nicht weiterhelfen. Von Fußball verstand sie nichts, er interessierte sie auch nicht. Und wie gesagt war ihr verbaler Kontakt zu Ede über den einen von ihm tagtäglich wiederholten Satz ja nicht hinausgekommen.

Als Ede bei meinem nächsten Besuch bei Carola am späteren Nachmittag wieder den Kopf durch die Tür steckte, "ich geh' dann mal" sagte und blitzgeschwind verschwinden wollte, sauste ich hinter ihm her. "Entschuldigung, Herr Ede, darf ich Sie mal sprechen?" Der kleine Mann stutzte, ging leicht in Abwehrstellung. "Ich heiße nicht Herr Ede. Ich bin der Herr Maslowski."
Ich legte nach: "Man sagt, sie hätten mal für Schalke gespielt. Stimmt das?"

Geradezu beleidigt antwortete er: "Der Edmund Maslowski hat nicht nur bei Schalke gespielt. Der Edmund Maslowski war ein Star auf Schalke. Schließlich hat er sogar mal dem großen Toni Turek einen Elfer reingehauen."

Wann, wie, wo? Die Frage blieb vorerst unbeantwortet. "Ich muss zum Abendessen. Das mit dem Elfer und dem

Turek dauert länger. Sie können ja morgen wiederkommen, wenn sie alles über den Edmund Maslowski erfahren wollen. Ich geh' dann mal."

Der Elfer

Das erste Gespräch mit Herrn
Maslowski fand auf dem Bänkchen neben
der Kirche statt. Willi Bongarts war auch
dabei. Wie immer saß er da, wie festgeta-
ckert für Stunden und leicht weggetreten
lächelnd. "Der Willi stört nicht", sagte
Ede. "Der Willi kennt meine ganze Le-
bensgeschichte. Der Willi kann nämlich
prima zuhören."

Ob Willi auch glaubte, was Ede erzählte? Der sagte ja nichts. Sein Dauerlächeln blieb unverändert, auch wenn er
schon mal von Zeit zu Zeit die Stirn run-
zelte.

Ich gestand Ede, dass ich Journalist
sei. Dass ich aber nichts von dem, was er
mir jetzt zu erzählen bereit war, journalis-
tisch verwenden würde. Ede war da nicht
beunruhigt. "Das können sie ruhig alles
schreiben. Ich für meine Person habe
nichts zu verbergen. Auch vor den Medi-
en nicht. Und der Edmund Maslowski
auch nicht."

"Ich für meine Person" als fortan häufig benutzter Satz auf der einen Seite, der "Edmund Maslowski" auf der anderen, da lag ja wohl eine Art Persönlichkeitsspaltung vor. Was war wahr? Was wahrscheinlich oder eher unwahrscheinlich? Schon Edes Antwort auf meine erste Frage nach seinem Alter verunsicherte mich. "Wie alt ich bin? Weiß ich doch nicht. Da müssen sie im Heim nachfragen. Wissen sie, ich vergess ja schon mal was."

Das Kurzzeit-Gedächtnis! Die Jahre, die im tagtäglichen Einerlei verstrichen, die zählte er nicht mehr. "Mein Alter? Tag für Tag wird man älter. Wie soll ich das da denn noch nachhalten können?"

Die Gegenwart erlebte er wie im Dämmerzustand. Die Vergangenheit in der Langzeit-Erinnerung, die konnte er abrufen wie katalogisiert. Wie die Geschichte mit dem Elfer, den er im Tor von Toni Turek versenkt hatte. Kein Anflug von Demenz. Ede beschrieb alles haarklein, ohne lange zu überlegen.

"Wir hatten ein Heimspiel in der Glückauf-Kampfbahn gegen Fortuna Düsseldorf. Es war eine ganz heiße Kiste. Bis zur 79. Minute. Da gab es den Elfer für uns. Wer schießt? Wie immer ja eigentlich der Paul Matzkowski. Aber der hatte einen Schlag abbekommen, humpelte schon etliche Minuten als Statist auf Linksaußen herum. Eigentlich hätte der Paul ja rausgemusst. Aber Auswechselungen gab es damals ja noch nicht. Matzkowski überlegte nicht lange: Ede, du schießt!

Anton Turek. Da stand er in seiner Kiste wie ein Fels. Noch war er nicht Toni, der Fußballgott vom WM-Endspiel 1954. Noch hatte er kein Länderspiel bestritten. Vielleicht wissen Sie es ja nicht: Erst 1950 gab es für Deutschland das erste Länderspiel nach dem Krieg gegen die Schweiz. Mit Turek im Tor.

Jetzt das Duell eins gegen eins. Vor mir der Toni, so sauber und adrett mit seinem Linksscheitel und der hochgequetschten Haartolle rechts. Sollte ich ihm mit Kawumm einen zweiten Scheitel ziehen? Kawumm - das war mehr so die Schuss-Technik von Matzkowski. Ich für meine Person war ja eher der Schnippler.

Ich legte mir die Kirsche zurecht. Der Boden um den Elfmeterpunkt war aufgewühlt. Ich trat die Huckel platt, streichelte den Ball, der schwer war wie ein Stein und auch viel zu schwer für einen kleinen Kerl wie mich, um ihn mit Kawumm reinzuhauen. Drum guckte ich den Turek aus.

Der lächelte spöttisch, ja fast hochnäsig über mich Schmachtlappen mit den Säbelbeinen. Na warte, dachte ich, dir wird das Lachen gleich vergehen! Ich lief an, stoppte leicht mit einem Zwischenschritt. Die Täuschung gelang. Turek tauchte in seine rechte Ecke. Ich tippte den Ball nur an, kullerte ihn in die andere, total leere Seite des Tores. In Zeitlupe rollte der Ball wie eine schwere Kegelkugel langsam, ganz langsam über die Torlinie.

Jubel, Trubel, Sieg! Alle Mitspieler fielen über mich her. Selbst der Kersting kam aus seinem Tor gerannt. Der kleine Edmund Maslowski hatte Schalke zum Sieg geschossen!"

Ende der Geschichte. Ede blickte in verklärter Erinnerung ganz versonnen vor sich hin. Willi Bongarts aber unterbrach sein Dauerlächeln, legte seine Stirn in Falten und gab etwas von sich, das nicht wie Maslowski, eher wie ein verstümmeltes Maowski klang. Maslowski oder Matzkowski, Ähnlichkeiten waren eher zufällig. Da der Hüne Paul, hier der Winzling Ede.

Ich wartete einen Augenblick, ehe ich sagte: "Tolle Geschichte, Herr Maslowski." Darauf Ede ganz gerührt: "Danke, kannst jetzt ruhig du zu dem Edmund sagen."

Blaues Blut

Vor der nächsten Sitzung mit Ede und Willi Bongarts auf der Bank neben der Kirche sprach ich im Altenheim-Sekretariat vor. Da kannte man mich zwar von den Besuchen bei Tante Carola. Doch auf meine Frage nach dem Alter von Edmund Maslowski reagierte die gepflegte ältere Dame sehr zurückhaltend. "Sind sie mit dem Herrn Maslowski denn verwandt?"

Ich verneinte. Erst nach längeren Erklärungen, dass mich Ede ja aufgefordert hatte, mich im Heim nach seinem Alter zu erkundigen, weil er es ja selbst nicht mehr auf die Reihe brachte, sagte die Dame zögernd: "Er ist Jahrgang 1926."

Weitere Auskünfte gab sie nicht. Erst beim Verlassen des Sekretariats, das zugleich Reception des Altenheims war, sagte sie: "Der Herr Maslowski ist sehr einsam. Bis auf einen Sohn in Australien hat er keine Angehörigen. Wenn sie sich mal mit ihm unterhalten würden, ich fänd das prima. Außer mit Willi Bongarts spricht er ja mit keinem. Und das ist ja eher etwas einseitig."

Dass ich bei der anschließenden Sitzung mit Ede natürlich gleich nach seinem Sohn fragte entsprang der Neugierde des Journalisten. Ede antwortete auch bereitwillig. "Der kommt mich bald besuchen. Aber Australien ist ja so weit. Das ist nun mal nicht gerade um die Ecke."

Wo es einen Sohn gab musste es ja auch eine Ehefrau und Mutter geben oder gegeben haben. "Die ist tot", sagte Ede kurz und knapp. Mehr nicht.

Knappe war der Edmund Maslowski, als der Krieg begann. Knappe im Bergbau auf Zeche Bonifatius in Essen-Kray. Dass er als Fußballer nach dem Krieg zu den Schalker Knappen stieß, war dem großen Ernst Kuzorra zu danken. "Der Clemens hat mich bei Kray 04 entdeckt. Da kamen ja viele frühere Schalker Spieler her wie die Berg und die Pörtgen. Ich für meine Person war so ein wuseliger kleiner Dribbler. Und Flanken schlagen konnte ich wie später nur noch der Abi Abramczik. Ohne arrogant zu sein, ich war Schalkes erster Flankengott."

Was Ernst "Clemens" Kuzorra an Ede noch mehr gefiel als seine Flanken war die Tatsache, dass er bei den Blauen nicht nur vom Namen her zu den Matzkowskis und Dargaschewskis passte, Ede war sogar von Geburt ein echter Schalker.

Das war für Kuzorra nur einer, der in Schalke diesseits der Grenzstraße geboren war. Die trennte, wie es der Name sagt, Schalke als Grenze von Gelsenkirchen. Edmund Maslowski war in der Grillostraße geboren, also gleich am Schalker Markt. Ede mit glänzenden Augen: "Ich hatte blaues Blut in den Adern, aber auch eine schwarze Lunge aus dem Pütt."

Kumpel auf Zeche und Kumpel im Leben, einer wie Ede wurde nach dem Krieg gebraucht. Als Malocher unter Tage beim Aufbau eines kaputten Landes. Aber auch als "Spaßmacher" auf dem Fußballplatz. "Ich wurde bald zum Liebling auf Schalke." Und auch ein Liebling der Schalker Mädels. "Ich für meine Person kann schon ohne zu strunzen behaupten, dass ich einen Schlag bei den

Schicksen hatte. Ich war zwar klein, aber groß im Aufreißen."

Von großen Frauen. Die waren für den kleinen Fummler besonders attraktiv. "Ich hatte für lange Latten einfach was übrig. Du weißt schon", sagte er grinsend, "Beine ohne Ende und hoher Wasserfall." Dass er jetzt im Alter noch täglich bei Tante Carola reinschaute, hatte sicher auch damit zu tun, dass sie recht groß war und somit Edes Idealbild von Frauen entsprach.

Die blutjunge Bergmannstochter Herta Urban aus Rotthausen war auch mindestens einen Kopf größer als Ede, aber so hingerissen von dem lustigen Luftikus, dass es bei ihr gleich einschlug. "Einmal probiert, schon war's passiert." Der kleine Herbert war das 1:0-Ergebnis. Was auch das Endergebnis blieb. Denn in der jungen Muss-Ehe kriselte es schnell. "Ich hatte keinen Bock, neben harter Maloche im Pütt und Training auf Schalke ständig die Gattin zu bespaßen. Und wenn der Herbert brüllte, bin ich schnell mal vor die Tür gegangen." Bald schlug die resolute Herta die Tür zu. Sie schnappte ihren kleinen "Hebbert", das Ende einer kurzen Ehe...

Dem folgte für Ede bald das Ende einer kurzen Karriere auf Schalke. Ein Knorpelschaden, eine Knieoperation, danach war der Edmund Maslowski bei den Blauen nur noch zweite Wahl, weil ihm zudem ein gewisser Berni Klodt seinen Posten auf Rechtsaußen streitig machte. Ede wechselte zu den Sportfreunden nach Katernberg. Am Lindenbruch, im Volksmund Monte Katerno genannt, traf er mit Mylowzik, Pisarski, Majewski und Ringkowski nicht nur auf jede Menge Namens-Verwandte, er schloss auch Freundschaft mit einem jungen Spieler, der schon bald der Held der Nation werden sollte: Helmut Rahn.

"Der Köttel, so hieß der junge Helmut Rahn damals bei uns, spielte zwar auch auf meinem Posten auf Rechtsaußen. Aber gegen seine Klasse konnte ich nicht anstinken. Ich zog mich dann als rechter Läufer etwas zurück."

Einen Rückzieher machte Ede bald auch als Hauer auf Zeche Bonifatius. "Püttmann war auf Dauer nichts für den kleinen Kerl Edmund Maslowski. Das harte Schuften vor Kohle, immer auf dem Arschleder rumrutschen, da war dann bald Schicht im Schacht auf Bonni."

Erinnerungen an den Bergbau? Ede zeigte auf eine schwarze Narbe am rechten Backenknochen. "Die Verletzung hab' ich mir vor Ort am Hangenden zugezogen. Ich hatte gedacht, ich kleiner Kerl könnte da noch aufrecht durchgehen. Irrtum! Ich war wohl doch zu groß." Bei "zu groß" musste Ede leicht grinsen. "In die blutende Wunde hat sich dann Kohlenstaub reingesetzt."

Eine kleine Rente bekam er später von der Knappschaft. Und einen Spitznamen behielt er nach eigener Aussage sein Leben lang: "Ich war immer das Bergmännchen."

Ein Souvenir aus der Zeit seiner Tage oder besser seiner Untertage im Pütt zeigte er mir später dann einmal in seinem Zimmer. Ein Stück Kohle, das er in ein Stielglas gelegt hatte. "Das ist mein schwarzer Diamant, den ich aus 1000 Meter Tiefe raufgebracht habe. Wenn die Sonne ins Zimmer scheint, glitzert dat schwatte Stück Kohle tatsächlich wie ein ungeschliffener Edelstein."

"Dat Schwatte". Zum ersten Mal während unserer Gespräche ließ Ede durchklingen, woher er stammte. Ruhrpott-Deutsch hatte er bisher vermieden. Er sprach leicht gestelzt Hochdeutsch, so wie Schalkes "Fußball-Professor" Olaf Thon. "Auch wenn ich für meine Person total stolz darauf bin, ein Schalker zu sein - da muss ich dann ja nicht unbedingt gleich auch wie Kumpel Anton sprechen."

Kohle und Eis

Für weitere Gespräche auf dem Kirchenbänkchen musste die Sitzordnung verändert werden. Mehrfach hatte Ede auf meine Fragen erst "Bittä?" gesagt. Bis ich merkte, dass mit seinem rechten Ohr etwas nicht stimmte, weil er nach einer Frage immer den Kopf so verdrehte, dass er über links was hören konnte. Ede gestand dann auch schnell: "Mein rechtes Ohr ist im Eimer. Da ist mal eine Handgranate neben meinem Löffel explodiert." Es war das erste und einzige Mal, dass er etwas aus seiner "Jugend" erzählte. Das Wort Krieg nahm er dabei nicht in den Mund.

Die neue Sitzordnung erforderte einen Wechsel von Willi Bongarts' Stammplatz ganz links auf die andere Seite nach rechts. Willi knurrte zwar etwas Unverständliches, unterbrach kurz sein Dauerlächeln, blickte leicht ungnädig, aber fügte sich. Ede saß weiter in der Mitte. Ich aber konnte ihm jetzt aufs linke Ohr sprechen. "Geht doch", sagte er, als er meine erste Frage nach dem Platzwechsel sofort wechseln konnte.

Diese Frage hatte mir seit Edes erstem Blitzbesuch bei Tante Carola auf den Nägeln gebrannt: Warum er bei ihr nie mehr als seinen Standardsatz "Ich geh' dann mal" herausbekam und nicht ein einziges Mal das Gespräch mit Carola gesucht hatte. Ede druckste erst herum, dann gestand er: "Ich trau mich nicht. Die Frau Carola ist doch eine feine Dame und nicht irgendeine Schickse. Die kann man doch nicht so einfach anmachen." Irgendwie hatte er herausgekriegt, dass Carola höhere Beamten-Witwe war. Eine aus ihrer Gesellschaft, das waren für Ede nun mal eben "bessere Leute". Genau so wie der Willi, der aus gutem Hause stammte, auch wenn er das nie raushängen ließ. Wie auch? Willi sagte ja nix.

Stand und Herkunft zählten bei Willi Bongarts überhaupt nicht. Oder nicht mehr. Ede und Willi hatten sich gesucht und gefunden in der so anderen neuen Welt des Alters. Rein zufällig hatten sie einmal nebeneinander auf der kleinen Bank gesessen. Ede sagte etwas, Willi sagte nichts. Nickte nur. Es wurde eine Freundschaft draus.

So selbstbewusst sich Ede bisher gegeben hatte, so gehemmt war er, wenn es um seine Malocher-Herkunft ging. Die hatte er jetzt in seiner Fantasiewelt als Möchtegern-Fußballstar überspielt. Aber da war noch etwas, das Ede mir in Zusammenhang mit den "besseren Leuten" gestand. "Ich hab' ja sogar mal kurzfristig im Knast gesessen."

Nach der letzten Schicht auf "Bonifatius" hatte sich Ede "berufsmäßig" verzettelt. Erst versuchte er sich im Kohlenhandel. "Ich kam irgendwie vom Schwarzen nicht los." Er gab es bald auf, weil ein Kohlenschieber en gros allen das Geschäft versaute und Ede der Handel mit Briketts kaum Kohle einbrachte. Nicht mal das Schwarze unterm Nagel.

Dann kutschierte Ede mit einem Eiswagen durch die Gegend. "Ich arbeitete bei dem Romeo auf Kommission. Als mir einmal bei Bullen-Hitze die ganze Eispampe wegschmolz, sollte ich allein für den Schaden aufkommen. Iste deine Probleme, sagte der Ittacker rotzfrech.

29

Da hab ich ihm einen Kübel mit der Suppe vor seine Eis-Theke im Salon gekippt."

Von Eis zu Eisen, eher Alteisen. "Ich arbeitete mit Atze zusammen, einem Ex-Kumpel aus dem Pütt. Als Klüngelskerl. Aber nicht mit Pferdewagen und Blechflöte. Wir verlegten uns eher auf Verwertung in größerem Stil." So naiv wie der Edmund Maslowski in Geschäftsdingen war, so kriegte er auch nicht mit, dass "Freundchen" Atze und noch zwei schräge Vögel wohl eher mit heißer Ware handelten. Nicht rostiges Eisen, glänzenderes Metall war angesagt.

Kabelklau brachte Atze in den Bau. Und den kleinen Amateur im Fußball und im Leben gleich mit. "Aber der Richter erkannte, dass der Edmund Maslowski blauäugig in die Sache reingeschliddert war. Er hatte Erbarmen mit mir, verknackte mich nur zu vier Wochen. So als Erziehungsmaßnahme."

Und was wurde inzwischen aus Edes Fußball-Karriere? "Irgendwie war's nicht mehr viel mit meiner Karriere in Katernberg. Eher war die Karre da festgefahren. Der Köttel Rahn heuerte an der Hafenstraße an, wurde bei Rot-Weiß Essen zum Boss und Nationalspieler. Torwart Heinz Kubsch wurde dann auch National- spieler in Pirmasens und ich wurde Invali- de."

Wieder das Knie! Es zwang Ede in die Knie. "Irgendwie ein Jammer, wo ich doch so heiß auf den Ball war..."

Scharfe Sache

Nach dem "Bau" begann Ede damit, sein Leben neu "aufzubauen". Schulden drückten, schließlich musste er ja auch noch für den kleinen "Hebbert" löhnen. Seine zu große Wohnung, in der er nach Hertas Abgang allein lebte, musste er kündigen.

Ede zog in ein Junggesellenheim, im Volksmund Bullenkloster genannt. Die Engelsburg war nicht weit davon entfernt, wo ledige Frauen lebten. Die "Burg der Engel" wäre dem kleinen Schürzenjäger sicher lieber gewesen. Zudem musste er eine Wohngemeinschaft mit Franz teilen, einem knurrigen, stets miesgelaunten Witwer, der nicht nur die Bude mit Bergen von rohen Zwiebeln ausstank, die er in sein Tatar oder ins Mett matschte. Schlimmer noch: Franz hatte eine schwache Blase und pinkelte bei Hochdruck auch schon mal in den Spülstein.

Kees gewöhnte ihm das ab. Kees ten Hoope war das lustige Gegenstück zum mürrischen Spülstein-Pinkler. "Kees war

unser Gelegenheits-Untermieter", erzählte Ede. "Er handelte mit Blumen, fuhr ständig zwischen Holland und dem Ruhrpott hin- und her." Neben Blumen brachte er aber auch für den eigenen Bedarf alle möglichen exotischen Gewürze in den Männerhaushalt ein. Dank Kees stank es da bald nicht mehr nach Zwiebeln. "Kerrie" überdeckte alle anderen Gerüche. Auch die aus dem Spülstein. "Dank Kees wurde ich der Erfinder der Kerrie-Wurst",
prahlte Ede. Er sah mein ungläubiges Gesicht. "In echt. Kannst du ruhig glauben."

Ede holte aus: "Wenn wir keinen Bock hatten selbst zu kochen, gingen wir zur Bude an der Ecke. Da gab es Löwenköttel und ganz urdeutsch Mettwurst, Bockwurst, Bratwurst, Leberwurst in dicken Scheiben auf dem Brötchen, kurz Fensterkitt genannt. Bis Ivo Tancic, der erste Jugo-Brater im Revier, die Bude übernahm. Fortan war Ivos Super-Schaschlik der Renner."

Ganz kleine Fleischhappen wurden immer abwechselnd mit Zwiebelstückchen auf Holzspießchen so groß wie Zahnstocher gesteckt und in einer schar-

fen Paprika-Sauce geschmort. Ivos
Schaschlik schmeckte besser als jedes
andere Schaschlik im weiten Umkreis.
Ganz zart war das Fleisch und leicht süß-
lich.

Die Leute kamen von weit her. Die
Bude brummte. Aber der Jugo kriegte
den Hals nicht voll. "Du warst doch als
Star auf Schalke bekannt. Willst du nicht
als Zugpferd bei mir einsteigen?" sagte er
zu mir. "Ich war happy. Endlich ein Job.
Fortan stand ich jeden Abend in der
Bude. Ivo brutzelte sein Schaschlik hinten
in der Küche. Ich malochte vorne wie ein
Kuli."

Und dann erfand Ede, ich wollte es ja
immer noch nicht glauben, dann erfand
Ede die Kerrie-Wurst. "Ich hatte mir zum
eigenen Verzehr eine Bratwurst vom Rost
genommen, schnitt sie der Länge nach
ein, aber nicht durch. In den tiefen Ein-
schnitt füllte ich Ivos göttliche Schaschlik-
Sauce. Darauf streute ich aus einer mit-
gebrachten Tüte mein Kerrie picante.
Also extra scharf. Ich schnitt die Wurst
an, probierte. Der Wahnsinn! Meine Erfindung wurde fortan bei uns d e r Renner.
Ivo ließ sich nicht lumpen, ich kriegte

kräftig was drauf auf mein Gehalt. War ja wohl auch mehr als verdient nach meiner tollen Erfindung."

Ich wagte einen Einwand: "Ede, so viel ich weiß, wurde die Curry-Wurst in Berlin erfunden und trat dann ihren Siegeszug durch Deutschland an." Mein kleiner Freund ließ sich aber davon nicht erschüttern. "Habe ich etwa gesagt, dass ich die Curry-Wurst erfunden habe? Hast du nicht zugehört? Meine Erfindung war die Kerrie-Wurst. Also was..." Keine Widerrede. Verbal und akustisch gab es da ja so gut wie kaum einen Unterschied.

Nur: das dicke Ende der Wurst folgte schnell. Nicht das der mit Kerrie veredelten Bratwurst. Bei einer Untersuchung des Ordnungsamtes kam heraus, dass das zarte Schaschlik-Fleisch, der Renner schlechthin, von Katzen und Hunden stammte. Die Bude wurde dicht gemacht, Ivo verknackt.

Trotz Vorstrafe kam Ede diesmal ungeschoren davon. Er konnte nachweisen, dass er mit der Zubereitung hinten in der Küche nichts zu tun gehabt hatte. Und von Ivo wurde er auch entlastet. "Der

Kleine war nur zuständig für den Verkauf.
Und für seine Wurst mit extra picante
Hollandse Kerrie."

Der Geist von Spiez

"Der Edmund Maslowski hing wieder mal am Fliegenfänger", zog Ede bittere Bilanz. "Nach dem Schaschlik-Skandal brauchte ich einen neuen Job. Nichts mehr mit Fressalien. Von Schaschlik hatte ich die Schnauze voll. Für eine eigene Fressbude hatte ich kein Geld. Und auf meine Kerrie-Wurst hatte ich kein Patent."

Was gab es da noch für den kleinen Ede? "Irgendwas mit Fußball schwebte mir vor." Ein Trainerjob? "Dazu fehlte es mir wohl an Durchsetzungsvermögen. Wer würde mich kleinen Kerl denn für voll nehmen? Wohl nicht mal die Köttel in den Jugendmannschaften."

Da traf Ede den "Köttel" Rahn in einem Cafe in Essen, wo Otto Rehhagel später als Stammgast immer Kannen von Kaffee in sich reinschüttete. "Der Helmut war ja inzwischen ein Star bei Rot-Weiß geworden. Boss Rahn, das war sein neuer Kampfname."

Ede jammerte Rahn was vor. Was wiederum den Boss jammerte. "Ich sprech mal mit unserem Chef, dem Schorsch Melches. Der schlägt mir selten was ab. Und außerdem hat er ein Herz für verkrachte Typen."

Verkrachter Typ? "Da musste Ich erst einmal mächtig schlucken. Aber ich wusste ja, wer es sagte. Der Rahn war schon immer sehr direkt. Auf dem Platz mit seinem Zug zum Tor. Privat mit seiner großen Klappe." Doch was Rahn vorschwebte, damit musste sich Ede erst einmal anfreunden. "Du könntest ja bei uns Bälle einfetten und Schocken putzen."

Ede wurde der "Schuhputzer" von Rahn, Islacker, Herkenrath. Nicht nur bei RWE. "Der Helmut empfahl mich dann auch dem Sepp Herberger."

Ich staunte und schwieg. Denn wenn der Ede erst einmal so richtig in Fahrt war, dann war er nicht mehr zu stoppen. Er spann den Bogen weiter. Bis in die Schweiz. "Bei der WM 54 war ich dann auch hautnah am Ball. Ich für meine Person kann behaupten, dass ich der gute Geist von Spiez war."

Der Geist von Spiez? War das nicht eher das, was die Einstellung und den Kampfgeist des späteren Weltmeisters ausmachte und nicht nur so ein kleiner Kerl wie der Ede? Ich versuchte zaghaft Einwände zu machen. Doch der Edmund Maslowski hörte nicht einmal hin. Und der Willi Bongarts grinste so unverschämt, als hätte er gerade gemeinsam mit seinem Kumpel mir als drittem Banksitzer einen Riesenbären aufgebunden.

Dabei war Edes Geschichte noch lange nicht zu Ende. Er schwadronierte weiter: "Weißt du, die Stimmung im deutschen Lager war ja so friedlich. Viel zu friedlich. Unsere Jungs hatten die Ösis mit 6:1 weggeputzt, waren im Endspiel. Im Hotel Belvedere bewegten sich die Walters, der Maxl Morlock und der Turek mit der Quetschwelle so, als gäb's gegen die Ungarn nicht noch mehr zu gewinnen. Die waren ja so etwas wie eine Mannschaft von einem anderen Stern. Alle bei uns waren sich nur in einem einig: Wir dürfen nicht wieder so verklatschen wie in der Vorrunde beim 3:8. In Ehren knapp verlieren, so war die allgemeine Stimmung."

Beim Entspannungs-Spaziergang am Seeufer entlang schnappte sich Ede seinen Fußball-Kumpel von einst, redete Klartext mit ihm. In einer Sprache, die er so sonst immer vermied: "Boss, wat gebt ihr euch blooß so stickum und bescheiden? Mensch Freier, ich kenn dich doch. Du glaubss doch auch im Stillen, datter die Csardasfürsten weghauen könntet. Mach jezz domma den Fritz heiß." Rahns Augen blitzten: "Ede, du sachset. Wir sind ja sooo stark."

Der sensible Fritz Walter und der Kraftbolzen Rahn schliefen auf einem Zimmer.
In der folgenden Nacht aber gab's wenig Schlaf. Rahn redete seinen Beischläfer wach und stark: "Fritz, wir packen dat." Kapitän Walter brachte danach das Schiff auf Sieg-Kurs, ging morgens beim Frühstück zu Herberger: "Cheeef, der Boss sagt, wir packen das." Herberger blickte nach draußen, es regnete in Strömen. Der Alte freute sich: "Das ist dem Fritz sein Wedder."

Ede lehnte sich zurück auf der Bank: "Der Rest ist deutsche Geschichte. Der Boss war der Held. Ich für meine Person blieb bescheiden im Hintergrund."

Torwand-König

Die Zeit als rot-weißer Schuhputzer ging für Ede bald zu Ende. Chef Melches war gestorben, Boss Rahn war weg nach Köln und Rot-Weiß Essen in der Krise. "Der Edmund Maslowski brauchte mal wieder einen neuen Job."

Zu den Schwarz-Gelben nach Dortmund hätte er ja gehen können. Die suchten einen für die Drecksarbeit. "Doch für einen hochwohlgeborenen Edel-Blauen wie mich wäre es geradezu unanständig gewesen, denen die Stiefel zu wichsen. Ich hätte es nie, nie, nie gemacht. Selbst wenn es der allerletzte gelbe Strohhalm gewesen wäre, kurz vorm Ersaufen."

Eine Zeitlang hielt sich Ede mit Gelegenheits-Jobs über Wasser. Der Manni Orzessek wusste dann Rat. Der Schalker Meistertorwart von 1958 war als Oldie zu den Fohlen von Mönchengladbach gewechselt. "Der Hennes Weisweiler baut da was auf", warb der Dicke mit dickem Lob für seine neue Truppe. "Wir haben ein paar Talente, die kommen bald ganz

groß raus." Netzer, Heynckes, Rupp hie-
ßen die stürmischen Jungs. Ede ganz
stolz: "Ich erlebte ihren Aufstieg hautnah
mit. Und auch die ersten Titel."

Mit dem bollerigen "Buur" Weisweiler
kam Ede nicht besonders gut klar. Aber
er verstand es, sich auch bei dem launischen Trainer verdient zu machen. Und
wenn es nur darum ging, für Kölsch-
Nachschub zu sorgen."Kleine geben
eben schneller mal klein bei", sagte
Ede."Doch ich kann mit Respekt für meine Person sagen, dass der Edmund
Maslowski nie ein Arschkriecher war.
Nicht dem Hennes, noch sonstwem bin
ich jemals in den Allerwertesten gekro-
chen."

Dabei konnte "de Buur" auch leutselig
sein, wenn er genug Kölsch intus hatte.
Meist aber bellte er die Leute an. "Und einer von deiner Gilde der Journalisten hatte es bei dem Weisweiler besonders
schwer. Die geringste Kritik, schon hatte
der Mann bei ihm verschissen. Bis in die
Steinzeit."

Der Westfale vom Schalker Markt und
die Rheinländer, da passte auch nicht al-

les zusammen. Edes Lieblinge wurden zwangsläufig Borussias Ausländer. Frei nach dem Slogan: "So geht's denen, denen Dänen nahestehn", freundete sich Ede mit den Nordländern an. "Ulrik le Fevre, Henning Jensen und Allan Simonsen sprachen so lustiges Deutsch und spielten so herrlichen Fußball."

Klein und klein gesellt sich gern. Ede und Allan Simonsen fanden besonders Gefallen aneinander. "Wir waren von gleichem Wuchs und trafen uns auf Augenhöhe." Und dann probte Allan, der anfänglich auch sehr unter Weisweiler zu leiden hatte, mit Ede zusammen den Zwergen-Aufstand.

"Der sieht aus wie einer aus der Schülermannschaft und so spielt er auch", hatte der Hennes gebrummelt, als es nach dem Wechsel des kleinen Dänen zu den Borussen anfänglich nicht lief. Doch schnell stopfte der trickreiche Stürmer mit seinen Toren allen Kritikern das Maul. Auch Weisweiler.

Unter vier Augen mischte Allan dann seinen neuen Freund auf, wenn der mal wieder unter dem launischen Trainer gelitten hatte: "Lass dir nicht alles gefallen vom Bauer. Sag nicht zu allem Ja und Amen."

Ede besuchte ein Motivations-Seminar. Da lernte man nicht nur, sich aufzuplustern bis zum Platzen: "Ich bin ja sooo stark." In einem Spezial-Kurs wurden auch handzahme Ja-Sager zu störrischen Nein-Sagern umgeschult. "Mit Erfolg", sagte Ede."Fortan ließ sich der Edmund Maslowski nichts mehr gefallen. Selbst nicht mal vom großen Netzer."

Und dann verblüffte mich Ede wieder einmal. Mit der Geschichte von seinem großen Auftritt im Sport-Studio."Wie kamst du denn da hin?" fragte ich ungläubig. "Ganz einfach. Der Allan war Stargast. Der hatte mich mitgenommen." Und als es ans Torwand-Schießen ging hatte Allan gesagt: Ich schieße nur, wenn der Ede gegen mich antreten darf."

Das Zwergen-Duell! Die beiden waren ja nur geringfügig größer als das untere rechte Torwand-Loch hoch war. "Zwei Treffer unten, ein Treffer oben. Ich hab' den Allan geputzt, der nur oben links zweimal traf. Jubel, Trubel - plötzlich war der Edmund Maslowski der umjubelte Star des Abends."

Was der Freundschaft aber nicht schadete. Als Allan nach Barcelona ging, sagte er mit feuchten Augen: "Ede, komm mit. Ich brauche doch im fremden Spanien einen guten Freund."

Ede verließ zwar auch die Gladbacher, aber scheute das Abenteuer Barcelona, wo sein kleiner Busenfreund Simonsen zum Weltstar wurde. "Wenn ich da hingegangen und etwas länger geblieben wäre, hätte ich wieder den Weisweiler vor der Brust gehabt."

Der wurde dann bald Trainer bei den Katalanen. Aber nicht lange. Ede mit leichter Schadenfreude: "Gegen einen Johan Cruyff hatte der Bauer nichts zu bestellen."

Unter Tage in Down Under

Beim nächsten Treffen war ich gespannt, was Ede diesmal in Sachen Fußball vom Stapel lassen würde. Drum war ich überrascht, dass kein Ball im Spiel war. "Habe ich eigentlich schon mal etwas über meine Zeit in Australien erzählt?"

Zeit in Australien? Von seinem Besuch dort war im Ansatz schon mal die Rede gewesen. Ein längerer Aufenthalt von Ede aber in Down Under, das überraschte mich jetzt doch. "Ich bin mit dem Schiff da runtergeschippert. Eine schöne lange oder besser schön lange Schiffsreise war das. Aber wenigstens ganz ohne Kotzen. Der Hebbert hatte mich eingeladen. Der arbeitete da im Bergbau. So wie ich früher. Aber nicht vor Kohle."

"Wann war das?" wollte ich wissen.

"Ja, warte mal - nach dem Titelgewinn in der Schweiz."

"Stop, Ede. Das kann doch überhaupt nicht sein", setzte ich jetzt sehr energisch dagegen. "Ende 1954 wäre der Herbert ja wohl erst so ungefähr acht Jahre alt gewesen."

Ede war nur kurz irritiert. Dann korrigierte der Edmund Baron von Maslowski seine Lügengeschichte. "Mit den Zeiten komm' ich ja schon mal in Verdrückung. Kann sein, dass das etwas später war. Vielleicht war es ja erst nach unserem nächsten großen Titel."

1974 - das passte schon eher. Da wäre der Herbert dann ein gestandener Mann gewesen. "Stimmt", sagte Ede. "Mein Sohn war jetzt, bei unserem ersten Wiedersehen seit Kindertagen, ein richtig kerniger Kerl. Nicht unbedingt ein Hüne. Wäre ja bei mir als Erzeuger auch kaum möglich gewesen. Aber kräftig war er. So wie früher der Köttel Rahn."

Das Wiedersehen fand dann unter Schweiß und Tränen in der Wüste statt, wo Maslowski Junior lebte und arbeitete. Bis dahin aber war es ein weiter Weg. Australien ist nun mal nicht gleich um die

Ecke. Und in Australien selbst ist alles weit, weit, weit.

Als Ede einreiste nach seiner Ankunft in Melbourne fragte der Immigration-Officer: "Holiday or visit?"
Visit verstand Ede, der sonst wenig Englisch verstand und noch weniger sprach. "Yes, Sir. I am auf Visite. Bei my son. Der lives hier."

"What's his profession?"

"Bergmann," sagte Ede. "Genau wie ich früher."

"Miner?" fragte der Officer nach.

"Ja, was denn sonst. Na klar ist das meiner."

"Wo lebt ihr Sohn?"

"In Kuba petting", sagte Ede. "Oder so ähnlich."

Der Beamte stutzte. "Meinen sie Coober Pedy?"

"Ja, irgendwo in der Wüste."

Da hatte der Mann Erbarmen mit Ede. "Coober Pedy. Oh God, it's sooo hot!"

Nachdem er den Stempel in den Pass gewummert hatte, lächelte er, aber irgendwie auch mitleidig. "Have fun, meit!" wünschte er Ede. Was soviel hieß wie: "Viel Spaß dann auch, mein Freund."

Mate, im australischen Slang "meit" ausgesprochen, hörte Ede bald auf Schritt und Tritt. Für Aussies ist jeder Kerl zuallererst einmal Mate. Was vielleicht unserem "Macker" entspricht. Aber doch wieder anders. "Macker" als Anrede würde bei uns zumindest ein Stirnrunzeln zur Folge haben. Und schon mal eine versteckte Faust in der Tasche mit dem geknurrten Drohsatz: "Macker, juckt dich die Fresse? Zeig mich die Stelle." Kumpel passte da als Begriff für "Mate" schon besser. Und Kumpel war Ede ja ehemals. Und sein Junior jetzt auch.

Den ersten Teil des langen Weges nach "Kuba petting" erledigte Ede mit dem Bus bis Adelaide. Dann fuhr er mit dem Zug Richtung Norden. "Mannomann, war das alles flach. Und öde. Öder geht es nicht, "erklärte mir mein kleiner

Freund. "Kein Baum, kein Strauch! Das ganze Land war wie eine plattgewalzte Schlackenhalde." Und mittendrin nach fast 800 Kilometern dann Coober Pedy und jede Menge kleine Hügel wie von Maulwürfen.

"Wie Maulwürfe buddelten die Menschen da unter Tage. Die Häufchen allerorten auf dem platten Land, das war Abraum wie früher bei uns im Pütt die Halden. Nur nicht so schwarz." Edes Sohn buddelte auch unter Tage. Nicht wie sein Vater nach schwarzen Diamanten, Herbert grub wie alle hier in der kochend heißen Knüste nach richtigen Edelsteinen. Nach dem heißbegehrten, bunt schillernden Opal. Unter Tage hatte Herbert, wie die meisten Bewohner in dem gottverdammten Kaff, auch seine Wohnung. Da war es im Gegensatz zu der Bullenhitze über Tage angenehm kühl.

Recht kühl blieb das Verhältnis von Vater und Sohn. Sie hatten sich nicht viel zu sagen nach so langer Trennung seit Herberts Kindheit. Wenn man es genau betrachtete, dann hatte der Vater seinen Sohn so gut wie überhaupt nicht gekannt. Und für den Neu-Aussie Herbie Maslowski auf der anderen Seite blieb der leibliche Vater auch hier vor Ort extrem fremd. Denn tagsüber malochte Herbert in seinem Loch, abends schüttete er Bier in sich rein wie ein Verdurstender.

"Ich habe viele Schickermänner im Bergbau erlebt. Aber was der Hebbert und diese Aussie-Macker so verputzten - der Wahnsinn! Und immer so eiskalt, dass meine Leber fast schockgefror. Herberts Lieblings-Pub warb sogar mit der Aufschrift: „Coldest beer in town." Und die Berge der leeren Bierdosen rundum waren fast so hoch wie die graubraunen Abraum-Halden.

Ede machte bald den Absprung. "Ich war da unten doch total isoliert. Das Englisch, das von den Sauf-Prols gesprochen wurde, verstand doch kaum ein Mensch. Selbst viele Australier nicht und ich schon gar nicht. Was sollte ich da länger in dieser Mondlandschaft und bei dieser Affen-Hitze?"

Heimweh plagte Ede. Heimweh nach dem grünen Kaiserpark in Altenessen, wo er seit geraumer Zeit gleich um die Ecke wohnte. Seine Erinnerung an Australien?

Ein winzig kleiner Opal, den Herbert dem "Dad" zum Abschied geschenkt hatte.

"Hast du denn in der Wüste wenigstens mal ein Känguruh gesehen?" fragte ich Ede. Der sagte mit breitem Grinsen: "Ja klar, nach der Rückkehr im Gelsenkirchener Zoo."

Dann kam Lotti...

Ich wollte ja nicht indiskret sein. Aber eine Frage brannte mir nach etlichen Gesprächen mit Ede doch auf den Nägeln. Was war mit dem anderen Geschlecht? "Du hattest ja immer eine besondere Vorliebe für große Frauen. Warst du da weiter im Geschäft?" Von groß im Geschäft wollte ich bei meinem kleinen Freund nicht unbedingt reden.

Ede guckte ganz traurig. "Nach dem Ende meiner Fußball-Karriere und den fetten Jahren mit Vollbusigen kam eher die lange Dürre. Seit ich kein Fußballstar mehr war, nahm die Damenwelt mich kleinen Ippel ja kaum noch wahr. Vorher war's der Ruhm, der sexy machte. Später reichte es für mich kleine Nummer selten zu 'ner Nummer. Auf käuflichen Sex hatte ich keinen Bock. Ich wurde zum Alleinunterhalter im Bett."

Willi grinste extrem breit, bevor Ede nach kurzer Pause sagte: "Bis Lotti kam und Abhilfe schaffte."

Lotti, wer war das? "Die Lieselotte, meine Schwägerin."

Als Ede seine Herta heiraten musste, war die kleine Schwester noch ein Teenie. Als er sie nach vielen Jahren wiedertraf, war aus der kleinen Lotti ein Vollweib geworden. Und voll nach Edes Geschmack.

Der Anlass für das Wiedersehen war ein trauriger: Hertas Beerdigung. Die war bei einem Autounfall ums Leben gekommen. Schwester Lieselotte, die auf dem Beifahrersitz gesessen hatte, war mit leichten Schrammen glimpflich davongekommen.

Sohn "Hebbert" hatte es nicht rechtzeitig zur Beerdigung seiner Mutter geschafft. Australien war ja nun nicht mal gerade um die Ecke. Bis ihn da unten in Down Under unter Tage die schlimme Nachricht in seinem Loch erreichte, war das Grabloch seiner Mutter längst zugeschaufelt.

Lotti hatte die Formalitäten der Beerdigung in ihre zupackenden Hände genommen. Zupacken konnte sie, Lotti war

Krankenschwester. Jetzt wurde Ede ihr kleiner "Patient".

Eine Beerdigung war sicher nicht der richtige Ort, um eine Frau anzubaggern. Aber Ede setzte schon beim Streuselkuchen nach Schalker Art voll auf Attacke. "Ich war hin und weg von Lotti. Sie war noch größer als früher die Herta. Und mit einem ganzen Wald von Holz vor der Tür."

Lotti gab nach anfänglichem Hinhalten dem heftigen Werben des kleinen Liebestollen nach, den sie sich notfalls unter den Arm hätte klemmen können. Bevor es aber zu engerem Kontakt kam, Lotti sich den Kleinen richtig zur Brust nahm, schleppte sie ihn zuerst einmal in die Volkshochschule, wo die beiden als ungleiches Paar Aufsehen erregten.

Seit Lotti ihre Liebe zu Griechenland entdeckt hatte, wollte sie an der VHS auch Griechisch lernen. Doch Fortschritte in der schwierigen Sprache machte sie kaum, dafür aber beim Tanzen. Sie war ganz verrückt nach griechischen Tänzen, die Kostas in einem Sonder-Kursus lehrte. Nicht nur "Sirtacki beim Souflacki", wie die meisten es leicht spöttisch sagten. Es waren Reigentänze wie der Kalamatianos, bei dem Lotti dann wie gedopt vorneweg tanzte. Der kleine Ede konnte sich dabei nicht sattsehen an seiner stattlichen Braut, deren Brüste, so groß wie vollreife griechische Melonen, dann im Takt der Musik auf und ab hüpften.

Er selbst tanzte selten mit. Der kleine Super-Fummler von einst kam mit den schwierigen Schrittfolgen nicht klar. "Ich war wohl immer flink auf meinen krummen Beinen. Aber links antäuschen, rechts vorbei wie früher auf dem Platz, das ging nicht. Beim Reigen musste man wohl fix die Haxen schmeißen, konnte aber nicht einfach aus der Reihe tanzen."

Was Ede weniger schätzte an Lotti war ihr großer Durst. Bei einem Besuch in Australien bei ihrem Neffen Herbert soll sie angeblich selbst härteste Aussie-Schlucker mit ihrem Stehvermögen verblüfft haben. Im "Rhodos", der Griechenkneipe, kippte sie mit "Jammas" und immer wieder "Jammas" mächtig viel Ouzo in sich rein.

Die Kneipe gehörte Vassili, der von den deutschen Gästen nur Willi gerufen wurde. Vassili hatte seit langem ein Auge auf Lotti geworfen. Eines Abends kam er mit einer Runde an den Tisch, sagte "Jammas", ging zurück hinter seine Theke und ließ Ede mit großem Jammer zurück. Denn Lotti machte es gleich danach kurz, aber schmerzvoll: "Ich bin jetzt mit dem Willi zusammen. Fest!"

Lottis cooler Spruch war für Ede wie Blitz und Donner gleichzeitig. Draußen grummelte es auch, als er nach einer Schrecksekunde aufstand und seinen Riesenschirm nahm, der größer war als der ganze Kerl. Dann sagte er zum erstenmal den Satz, den er später wieder und immer wieder wiederholen sollte: "Ich geh' dann mal."

Immer auf den Kleinen

"Lottis Satz traf mich voll vor den Latz", sagte Ede ein paar Tage später, als er nochmal die Geschichte seiner so einseitig beendeten Beziehung aufgriff. Um dann traurig nachzulegen: "Aber der Edmund Maslowski musste in seinem Leben ja noch reichlich mehr Prügel einstecken." Nicht nur seelisch, meist körperlich.

In dem Zusammenhang gestand er mir dann auch, dass er einen "Jagdschein" hatte. "Wegen dauernder Kopfschmerzen machten die Ärzte mal bei mir eine Kopfuntersuchung mit jeder Menge Kabels. Dabei fanden sie raus, dass ich nicht ganz richtig in der Birne war. Nichts Ernstes. Aber ausreichend für den Jagdschein. Damit konnte ich als ausgewiesen Behinderter mit Sonderausweis zumindest dann prima parken."

Mein Freund, der Ede, eine gespaltene Persönlichkeit? Da lachte der Kleine: "Ich für meine Person kann sagen, dass der Edmund Maslowski nicht total

Panne war und ist. Auch wenn ich ja mein Leben lang immer auf die Nuss gekriegt habe."

Das fing schon in der Schule an. "Schläge auf den Hinterkopf erhöhen das Denkvermögen", war damals sehr oft der Leitsatz der Lehrer. Und für einen wie Ede, der selten im Unterricht den Schnabel halten konnte, gab es fast täglich Kopfnüsse. "Vielleicht war das schon der Grund, dass mir frühzeitig die Haare ausgingen."

Den härtesten Treffer bei Ede landete später ein bärenstarker Kumpel aus dem Pütt, an dessen vollbusige Freundin sich der Kleine ohne Bedenken und ohne Angst vor einer Abreibung rangemacht hatte. "Es war kein Kampf auf Augenhöhe. Das wäre bei mir kleinem Kerl ja auch nicht möglich gewesen. Aber der feige Hund zog mir ganz hinterhältig von hinten eine Bierpulle über den Schädel, als ich das Bier nach der Schicht eigentlich eher trinkend genießen wollte. Zum Glück hatte ich auch in der Kneipe noch meine Schlägermütze aufbehalten, die die Härte des Schlages abfing."

Am nächsten Tag kam die Freundin des Schlägers, um sich bei Ede zu entschuldigen. "Ich brauchte sie dann dem Freier nicht mehr auszuspannen. Die Edith spendete Trost, kühlte meine Beule und heizte mir dann mächtig ein."

Keine Streichel-Einheiten, nur reichlich Dresche gab's einmal für Ede in der City der "verbotenen Stadt". Ich fragte verblüfft : "Du als Edel-Schalker, du in Dortmund?"

Ede grinste und holte dann aus: "Ein Freund aus Langendreer, das ist ja noch Bochum, so die Grenze zum Feindesland, hatte mich in die Jungmühle in der Dortmunder Innenstadt eingeladen. Das war so ein Tanzschuppen mit Striptease-Einlagen. An jenem Abend war Lohntütenball. Die Hoeschianer hatten sich fein gemacht. Dunkler Anzug, silbergraue Krawatte, sauber gescheuertes Gebiss..."

Ich unterbrach ihn kurz: "Was heißt denn sauberes Gebiss?" Ede tat ganz überrascht: "Ja, kennst du denn unseren Schmähspruch für die Zecken nicht? Schwarzgelb - das heißt nix anderes als wie schwatter Hals und gelbe Beißer."

Als dann die erste Tänzerin in schwarzgelbem Tüll ungelenk die Hüllen abwarf, lachte sich Ede schief und posaunte über den eigenen Tisch hinaus: "Die tanzt so hölzern wie Borussia spielt." Als Ede auch noch als Blauer ausgemacht wurde, brachen alle Dämme. "Für uns beide gab's ordentlich was auf die Glocke. Die Stahlarbeiter von Hoesch waren richtig stahlharte Jungs."

So wie die Bullen beim Bill Haley-Konzert. Die marschierten in Phalanx vor der Essener Grugahalle auf. In breiter Front zogen sie dann mit dem Gummiknüppel los. Immer drauf, auch auf den kleinen Ede. Der stand ganz vorne, um überhaupt was sehen zu können. Jetzt sah er die Knüppel fliegen. "Bei mir mussten die sich ja noch nicht einmal recken. Bei mir konnten die prima aus dem Handgelenk aufs Plätzchen draufdreschen."

Bei soviel Haue konnte dann schon mal der Schädel brummen. Auch von Kopfbällen mit dem damals ja noch so schweren Ball? "Da gab es bei mir keine Gefahr. Hohe Flanken auf mich hatten die Trainer immer verboten. Die hätten mich doch da tief unten nie erreicht."

Kopfbälle ausgeschlossen, ein Kopf-
schuss nicht. Von dem erzählte Ede auch
noch, als es um seine vielen Schädel-
wunden ging. Wildwest mit Ede? "Ich war
in der Essener National-Bank, als die
RAF da 500000 Mark abhob."

Der Überfall war Fakt und Geschichte
der Terror-Jahre. Aber mit Ede mittendrin? "Ich erzähl dir doch nichts vom
Pferd", reagierte der Kleine total beleidigt.

"Ich war mit dem Hannes Bongarts
nach Essen in seine Bank gefahren. Der
Spargel war als guter Kunde hinten im
Zimmer des Filialleiters, als vorne im
Kassenraum der Punk abging. Eine Frau
mit Pistole brüllte: Überfall. Alle schmis-
sen sich auf den Boden. Nur ich nicht.
Dann hörte ich den Schuss, spürte den
Schlag an der Schläfe. Der vermummte
Knabe mit der Knarre an der Tür hatte ei-
gentlich ja wohl nur auf die Füße schie-
ßen sollen. Aber bei meiner Größe..."

Der Streifschuss war nicht so
schlimm. Ede zitterte bei der Erzählung
aber noch nachträglich. "Ich hatte hölli-
sche Angst, dass sie Geiseln nehmen
könnten. Mit Sicherheit wäre ich dann

dran gewesen. Ich für meine Person hätte doch prima in den Kofferraum des Fluchtautos gepasst."

Das Brandzeichen

Ede hatte David Beckham und seine Frau Victoria bei einer Garten-Gala im Fernsehen gesehen und lästerte mächtig ab. "Die ausgemergelte Zicke kam mir vor wie ein T-Shirt, das in zu heißer Wäsche eingelaufen war. Und der Beckham, den ich als aktiven Kicker mit seinem Zauberfuß immer bewundert hatte, sah aus wie eine beklebte Litfass-Säule, von der man Papier-Stücke runtergerissen hatte."

Tätowierungen auf Armen und Beinen, wie sie jede Menge Fußballer heute zur Schau stellen, fand Ede schrecklich. "Du guckst bei denen mehr und mehr auf die Körperbemalung und nicht mehr auf die Farbe des Trikots, das sie sich nach einem Tor dann auch noch vom Balg reißen, um den Rest der Bemalung zur Schau zu stellen. Und das Fernsehen holt die tätowierte Brust der Kicker mit den blonden Puppen darauf mit ihren Riesen-Titten dann auch noch ganz nah ran."

Ede trug als Freizeit-Kleidung häufiger mal ein blaues Schalke-Trikot. Kein echtes, eins aus dem Fanshop. Das zog er jetzt plötzlich hoch, nicht vollständig über den Kopf wie ein Torschütze nach einem umjubelten Treffer. Ede schob den Stoff nur rauf bis zum Kinn. "Ich bin auch tätowiert", sagte er. "Aber dezent."

Ein blaues Herz sah ich an der richtigen Stelle links. Daneben, in nicht zu großen Druckbuchstaben: "Blau und weiß, wie lieb ich dich!"

"Ede, das hat was", sagte ich fast anerkennend.

"Ich habe das Hemd nie über den Kopf gezogen, um das hier zur Schau zu stellen. Keiner hat mein Tattoo je gesehen", sagte er, um sich sofort zu korrigieren. "Doch, die Damen."

Die Tätowierung hatte sich mein kleiner Schalker Fummler erst nach seiner Karriere stechen lassen. "Aus Verbundenheit zu meinem Verein. Wie ein Gaul mit Brandzeichen."

Was für ein Vergleich!

Ede und Schalke - ein Leben lang.
"Weißt du, heute hast du ja nur noch diese Legionäre. Die kommen kurz und sind
noch schneller wieder weg.

Echte Schalker Jungs wie früher der
Stan Libuda, die gibt es doch nicht mehr.
Der Neuer war anscheinend ja so einer.
Aber was macht der nach tausend Lip-
penbekenntnissen? Haut ab nach Bay-
ern. Wenigstens ja nicht nach Dortmund.
Trotzdem werd' ich ihm das nie verzei-
hen. Nicht bis ans Ende meiner Tage."

Reinhard Libuda war auch einmal
fremdgegangen. Ausgerechnet auch
noch in die "verbotene Stadt". Doch den
Fehltritt mit Borussia hatte Ede dem Stan
schnell vergeben. "Die Zecken verehren
den Stan ja, weil er sie mit seinem 2:1-
Siegtor zum ersten deutschen Europa-
cupsieger gemacht hat. Aber der Reinhard war immer und ewig ein echter
Schalker. Er liebte Schalke, er litt mit
Schalke."

Gelitten hatte Libuda besonders in der
Verbannung in Straßburg. Da spielte er,
als er wegen seiner Beteiligung am Skan-
dalspiel gegen Bielefeld gesperrt worden
war. Aber so richtig glücklich wurde er

nach seiner Rückkehr aus dem französischen Exil nicht mehr. "Ich kannte den Reinhard ja sehr gut. Wir waren beide Rechtsaußen, beide starke Fummler, aber aus dem gleichen Weichholz geschnitzt. Mit uns hat es das Leben nach dem Fußball nicht unbedingt gut gemeint."

Wie Ede lebte auch der Stan länger ohne richtigen Job. 1992 wurde er am Kehlkopf operiert, 1996 starb er nach einem Schlaganfall, mit erst 52 Jahren.
"Viel zu früh", sagte Ede mit Bedauern und einem ganz tiefen Seufzer. "Ein Schalker wie er hätte ewig leben müssen." Das tut er in der Erinnerung der Blauweißen bis heute.

In seiner Glanzzeit in den 60er Jahren, als er wegen seiner Dribbelkunst frei nach Stanley Matthews den Ehrennamen "Stan" verliehen bekam, warb ein Prediger in Gelsenkirchen mit einem Plakat mit der Aufschrift: "An Jesus kommt keiner vorbei!" Ganz dick hatte ein Fan darunter geschrieben. "Nur Libuda."

Nie kam raus, wer der Scherzbold war. Ede grinste ganz breit und sagte in breitestem Ruhrdeutsch: "Dat mit dem Jesus und dem Schtänn - der Edmund Maslowski war dat. Kannze ruhich glaum. In echt!"

Zäh wiet Arschleder

Der Tag war trübe mit nur zeitweiligen Aufheiterungen. Willi Bongarts hatte sich schon nach drinnen verzogen und winkte, als ich die Halle betrat. Ich begrüßte ihn per Handschlag. Dann kam Ede.

Sein Gesicht war zerfurcht und noch trüber als das Wetter draußen. Betont heiter sagte ich deshalb: "Hallo, Ede, wie geht's dir denn heute so?"

"Muss", sagte Ede.

"Aber du hast doch was!"

"Rücken."

Knapp, knapper, Ede. Wenn er schlecht drauf war, dann wurde aus dem fabulierenden Geschichten-Erzähler ein maulfauler Schweiger. Dann blieb er auch länger total stumm. Oder verstummt wie der Willi.

Erst nach längerem Schweigen sagte Ede: "Ich bin nicht krank, nur traurig. Wieder ist ein großer Schalker gestorben."

Karl-Heinz Neumann war kein berühmter Fußballer, aber ein Blauer der Sonderklasse. Der dicke Charly war, eine Berufs-Parallele gab's da zu Ede, zuerst Mädchen für alles und dann "Schuhputzer" auf Schalke. Zeugwart nannte man das im Fachjargon. Später führte er den Titel nur noch "ehrenhalber". Charly war Besitzer mehrerer Restaurants.

"Der Charly verstand es hervorragend, sich unentbehrlich zu machen. Als Stimmungs-Kanone und als Seelentröster", sagte Ede."Trost brauchten wir Schalker ja reichlich in Trauer und Abstiegsschmerz. Und Charly konnte auf Kommanndo heulen wie ein Schlosshund. Was sage ich: Charly konnte heulen wie ein Rudel Schlosshunde."

Ede machte eine Pause bevor er sagte: "Charly hat mir das Heulen auf Kommando auch beigebracht. Soll ich mal?" Ich winkte ab. "Muss nicht sein, Ede." Doch der war nicht aufzuhalten. "Wegen dem Charly sein Tod muss ich mich meiner Tränen doch nicht schämen." Und dann schüttelte es den kleinen Kerl ganz fürchterlich.

Seine Beziehung zu Charly war mehr als freundschaftlich. "Der Dicke war immer da, wenn Not am Mann war. Als der Stan in der Scheiße saß hat er geholfen. Und auch mir hat er mehrmals unter die Arme gegriffen."

Zur Beerdigung seines dicken Freundes, der den kleinen Ede immer von oben auf die Glatze geküsst hatte, konnte er aber nicht gehen. "Mein kleines Herz hämmerte so laut wie ein ganz großes. Charlys Tod hatte mich doch sehr getroffen."

Als ich bei meinem nächsten Besuch ganz erleichtert Ede wieder draußen auf der Bank vorfand, erzählte er mir, dass er von der großen Beerdigung nur in der Zeitung gelesen hatte. Bei einem Satz in dem Bericht hatte es ihn übermannt. Der Reporter hatte beschrieben, dass ein Fan auf sein Hemd "Tschüs, Charly" geschrieben hatte. Und darunter: "Und grüß da oben doch bitte den Stan." Ede musste schlucken, hatte wieder mächtig am Wasser gebaut. "Als ich das las, habe ich das ganze Kopfkissen nass geheult."

Einmal richtig im Zug erzählte Ede danach von den vielen Schalker Beerdigungen, bei denen er "vor Ort" war auf dem Rosenhügel. Zum Beispiel der vom großen Fritz Szepan.

"Beim Scheppan auf seinem letzten Gang war ich der Fahnenträger. Bis wir die vielen Trauernden in Reih und Glied gebracht hatten verging reichlich Zeit. Wir waren spät dran. Als wir endlich ankamen an der Friedhofshalle, war die Trauerfeier schon beendet, der Sarg wurde gerade auf die Sargkarre gehoben. Die verschleierte Witwe ging dahinter als Erste. Ganz Schalke mit Präsident Günther Siebert und Vize Heini Orzewalla an der Spitze hinterher. Dann ich mit der großen Schalke-Fahne und die Knappen-Kapelle mit einem gemessenen Trauermarsch."

Ede machte eine Pause. "Was dann passierte, hat der Oscar Siebert nachher dann allen wieder und immer wieder erzählt. Normalerweise war der Oscar ja ein großer Fabulierer. Doch dies hier war ja Fakt."

Nach etwa hundert Metern war Schalkes Präsident der Schreck in die Glieder gefahren wie bei einer Niederlage in letzter Minute. Nach der vorangegangenen Hektik hatte er sich jetzt beim langsameren Marschieren die verschleierte Witwe noch einmal in Ruhe angesehen. Danach hatte er zu Vize Heini Orzewalla rübergezischelt, den alle Schalker nur Onkel Heini nannten: "Onkel Heini, ich glaub', das ist gar nicht die Witwe vom Fritz." Orzewalla hatte dann auch genauer hingeguckt. Einmal, dann nochmal. Voller Entsetzen hatte er danach gestottert: "Oscar, du hast recht. Wir sind auf der falschen Beerdigung. Wir müssen zurück."

Siebert hob die Hand, zeigte mit dem rechten Arm einen Schwenk an, ganz Schalke machte auf dem Absatz kehrt, zurück ging's im Galopp zur Leichenhalle.

Dazu Ede als direkt Beteiligter: "Ich kam mit der großen Fahne ins Straucheln, hätte mich fast langgelegt. Die Knappen hatten aufgehört zu spielen, ohne Musike, aber völlig außer Atem kamen wir an der Leichenhalle an, als gerade der Sarg mit dem richtigen Fritz auf die Karre gehoben wurde. Der Trauermarsch wurde dann etwas flotter gespielt.

Aus Erleichterung und weil wir ja die Zeit wieder rausholen mussten."

Ein Gedicht, das damals in der Zeitung abgedruckt worden war, hatte Ede fast noch wortwörtlich im Kopf. Er schloss die Augen zur Konzentration:

Beim alten Fritz sindwer auch alle hinterm falschen Sarg hergelaatscht.
Typisch Schalke. Eigentlich sindwer ja immer auffe falsche Beerdigung.
Stehsse zichmal vorm Loch. Willze graade dat Schüppken Erde als
letzten Gruß draufschmeißen - da kommense doch widder hoch:
Aber eins, aber eins! Irnswie is dat hier ja wie im richtigen Leben:
Sindwer zäh wiet Arschleder - krisse uns schlecht untere Erde

Was sich bei Szepans Schwager Ernst Kuzorra wieder bewahrheitete. Der "Clemens" wurde quasi zweimal "beerdigt."

"Ich hatte noch kurz zuvor mit dem Ernst bei Bosch ein Bierchen getrunken", erzählte Ede. "Da war er schon schön klapprig und das Bier lief auch fix durch.

Sein Tod traf mich trotzdem überraschend."

Die Beerdigung fand ohne Präsident Günter Eichberg statt. Der war gerade in Florida, als es den früher so harten Knochen Kuzorra umhaute. Vize Schmitz trug den Schalke-Kranz, Charly Neumann schwenkte die Schalke-Fahne über dem Grab und heulte wie gewohnt - mal eine Schalke-Beerdigung ohne besondere Vorkommnisse. "Drum war ich total von den Socken, als ich am nächsten Morgen den Eichberg mit dem Schalke-Kranz in der Zeitung sah", sagte Ede.

Was war passiert? Als alle schon beim Streuselkuchen saßen, kam der Eichberg angerauscht. Eine Beerdigung des größten Schalkers überhaupt ohne den Präsidenten, das ging nicht. Eichberg mit Charly und dem OB ab zum Friedhof. Unter Hunderten von Kränzen wurde der Schalke-Kranz rausgefischt, Charly schwenkte fürs Foto ganz wild die Fahne, heulte nochmal auf Kommando wie ein Schlosshund. Danach hatte der Clemens endlich seine Ruhe.

Edes Fazit: "Zwei Dokumente gibt es für die Doppel-Beerdigung. Einmal mit Schmitz, einmal mit Eichberg als Kranzträger. Sindwer ehmt zäh wiet Arschleder. Krisse uns schlecht untere Erde."

Mutterklötzchen

Als der Ede beim letzten Mal von den Beerdigungen auf Schalke gesprochen und dabei das eine oder andere Tränchen verdrückt hatte, wurde mir klar, dass er mit dem Näherrücken seiner "Endzeit" immer sentimentaler wurde. Seine Geschichte, vor allem die Geschichte seiner so kurzen Muss-Ehe mit Herta wurde jetzt von ihm in der Rückblende verklärt. "Ich hätte die Lange nicht einfach so gehen lassen dürfen. Ganz sicher wäre mein weiteres Leben mit ihr und dem kleinen Hebbert dann doch ganz anders verlaufen."

Als "Bergmännchen" lebte Ede mit seiner Herta in den miesen Hungerjahren der Nachkriegszeit ja nicht schlecht. "Wir kriegten Zusatzrationen, weil wir, die ja so hart vor Kohle am Wiederaufbau arbeiteten, ordentlich was auf die Gabel brauchten. Wir hatten unser Deputat für eine warme Bude. Und ich brachte von Schicht ja immer ein Mutterklötzchen mit."

Mutterklötzchen? Auf meinen fragenden Blick hin setzte Ede gleich zur Erklärung an. "Ein Mutterklötzchen war das Endstück des hölzernen Grubenstempels, der zum Abstützen des Gebirges über dir passend geschnitten worden war. Dieses Endstück brachte ich, in meinem graublau karierten Handtuch eingewickelt, mit nach Hause. Was eigentlich von der Zechenleitung verboten war..."

Warum aber Mutterklötzchen? "Weil die Mütter mit den sauber kleingehackten Holzscheiten prima das Öfchen anmachen konnten. Auch die Herta."

Etwas zum Anmachen. Heute, wo es kaum noch Kohle-Öfen gibt, bedeutet Anmachen ja etwas anderes. Ede aber grinste, als er von dem begehrten Holzklotz sprach. "Der war auch etwas zum Anmachen im weiteren Sinn. Mutterklötzchen hatten ja nur wir Püttmänner. Aber die waren auch bei den Damen der Nachbarschaft begehrt." Worauf damals der eindeutig zweideutige Spruch zurückzuführen war: "Bringst du Klötzchen, kriegst du F...chen."

Schmeichelte sich Ede bei seinen Fremdgängen auch mit dem An-mach-Holz ein? "Ich für meine Person hatte das nicht unbedingt nötig. Immerhin war der Edmund Maslowski zu der Zeit ein bekannter Fußballer."

Hertas dauernde Eifersucht aber war mehr als berechtigt. "Ich war ein Steilgän-ger im Fußball wie im Privaten. Eigentlich hatte die Herta das ja nicht verdient."

Späte Reue? "Irgendwie hab' ich da schon ein schlechtes Gewissen. Aber dem Edmund Maslowski haben die Aus-wärtsspiele auch immer Spaß gemacht."

Auswärtsspiele. Da waren wir zurück beim Fußball. Die Heimspiele aber, die Spiele auf Schalke, die waren immer be-sondere Höhepunkte in Edes mittlerweile ja schon langem Leben.

"Weißt du eigentlich, warum es auf Schalke heißt?" fragte er mich.

Ich hatte so eine vage Vorstellung. Ede klärte mich, wie ein Deutsch-Lehrer in der Schule, darüber auf: "Meine polni-schen Vorfahren, die als Malocher in den

Pott kamen, hatten Probleme mit schwerem, deutschem Spraache. Man ging nicht nach Schalke, auch nicht zu Schalke. Püttmänner gingen auf Zeche, auf Ewald, auf Consol oder wie ich auf Bonni. Man ging auf Schicht, was harte Maloche war. Zum Spaß und zur Entspannung ging man eben dann auf Schalke."

Ich machte einen Einwand: "Im Auf und Ab vieler Schalker Auf-und Abstiegsjahre konnte von Spaß ja oft nicht unbedingt die Rede sein..."

Ede schmetterte das sofort ab. "Für echte Fans ist auf Schalke immer verbunden mit einem Hochgefühl, im wahrsten Sinne des Wortes. Auf Schalke is wie auffe Mutter."

Das Leben - kein Film

Als neulich wieder einmal im Fernse-hen "Das Wunder von Bern" lief, habe ich Ede zwei Tage später gefragt: "Hast du dir den Film auch angesehen?" Ede blick-te geradezu angewidert und sagte länger nichts. Dann spuckte er es aus. Fast so wie früher ein Püttmann einen schwarzen Flörch von der siebten Sohle: "Ich guck doch nicht so ein Ammen-Märchen! In ei-nem dritten Aufguss mit Fußballer-Dar-stellern, was ich hautnah am Ball miter-lebt habe."

Bei der Vorankündigung in einer Fern-seh-Zeitschrift hatte ihn ein Bild aus dem Film aufgeregt, auf dem der Sepp Her-berger-Mime auf den Schultern der Spie-ler den 3:2-Sieg über Ungarn feierte. "Das war doch nicht der Cheeef. Das war nicht mein Seppl", moserte Ede. Und leg-te gleich nach. "Mal abgesehen von dem Film - wenn ich heute in echt alte Aus-schnitte aus dem Endspiel sehe, dann är-gere ich mich schwarz. Die haben da doch was mit dem langsameren Abspu-len des Films manipuliert! Wie der Köttel

das Siegtor gemacht hat, das war ja opa-
mäßig. Wie in Zeitlupe."

Dass der Fußball von heute eben
schneller und athleticher ist als vor 60
Jahren, das ließ Ede nie gelten. "Wir waren auch schnell. Und der Rahn war ein
Super-Athlet. Wenn der die Pille
schnappte und sich durchtankte, da war
der doch überhaupt nicht zu stoppen."

Nicht zu bremsen war der Kleine
auch, wenn er zum modernen Fußball,
den die Spanier mit Dauer-Ballbesitz,
Kurzpass und Direktspiel eingeführt hat-
ten, seine "exklusive" Meinung kundtat.
"Was ist bei den Spagnols denn modern?
Hast du schon mal was vom Schalker
Kreisel gehört?"

Ich wusste, dass den die großen
Schalker Szepan, Kuzorra, Tibulski und
Kalwitzki gespielt hatten. "Der Scheppan
und der Clemens, die haben damals den
modernen Fußball erfunden und nicht die
Schawies und Alonsos von heute. Tiki-
Taka war in Schalke nix anderes als wie
Zacki-Zack mit nur einer Ballberührung.
Da kamen die Gegner so gut wie über-

haupt nicht an die Pille. Die wurden total in den Kreisel gestellt."

Hier schloss sich für Ede mit dem Kreisel der Kreis. Sein Leben als Film, dann 1954 Deutschlands größter Sieg, den wollte er nicht in der Traumwelt des Kinos nachgestellt haben. "Wie es damals war, das kann sich doch ein Regisseur, der da noch nicht einmal geboren war, überhaupt nicht vorstellen."

Wo Ede jetzt so richtig in Fahrt war, legte er nach. Und war gleich wieder in Katernberg. Nicht am Monte Katerno, sondern beim berühmten Pütt dort gleich um die Ecke. Zollverein hieß das Stichwort.

"Was machen die da bloß heute fürn Geschiss mit ihrem Welt-Kulturdenkmal! Alle rennen da hin, aus ganz Deutschland, was sag' ich, aus der ganzen Welt. Nur um zu sehen, wie mal sonn Pütt aussah. Und was sehen sie? Einen Förderturm wie aus einer Film-Kulisse und alles pikobello sauber und gepflegt. Wie dreckig es da früher war, wie es gestunken hat nach faulen Eiern von der Kokerei, das sieht und riecht doch keiner."

Edes Leben vor Kohle, das war harte Maloche und kein Sonntagsausflug auf Zollverein mit der ganzen Familie in einem schönen Umfeld wie der Kulisse aus einem Film. Dass der Pott ohne Pütts heute sauberer ist, dem wusste auch Ede etwas abzugewinnen. Aber dass das Leben damals stahlhart war - überhaupt keine Frage!

"Das Wunder von Bern war da wie eine Explosion der unterdrückten Gefühle nach längerem Liebesentzug. Ich will es mal so salopp ausdrücken: Als der Boss den linken Hammer rausholte, hatte ganz Deutschland einen Orgasmus."

Als Ede das sagte, hatte er feuchten Glanz auf den Augen. Und beim Wort Orgasmus lächelte der Willi, einer von den besseren Leuten, irgendwie prüde und verschämt...

Polnisches Erbe

"Ich glaube, ich habe da so ein besonderes Polen-Gen," sagte mir Ede einmal. "Irgendwie hat das ja mit Hingabe und Inbrunst zu tun. Wer richtig gläubig ist, ist Pole und Kathole. Ich bin zwar nur ein halber Polack. Aber fromm bin ich auch. Zumindest glaub' ich ja auch an Wunder. Mit dem Segen von oben."

Während die Polen besonders an die seligmachende Kraft der schwarzen Madonna von Tschenstochau glauben, baute Ede auf seine goldene Madonna. "Die 1000-jährige Muttergottes aus dem Essener Münster hat mir schon oft aus der Patsche geholfen. Ich hab' ihr dann immer einen ganzen Satz Kerzen spendiert und ihr ein Augsken zugeknipst. Und ich bin sicher, dass sie dann zurückgeblinzelt hat."

Die goldene Madonna mit dem Silberblick, die so überkreuz guckt aus ihren Emaille-Augen - schön fand Ede die ja nicht gerade. "Aber irgendwie hat die was. Ich hab' sie jedenfalls immer verehrt. Jammerschade, dass ich, seit ich im Heim bin, seltener mal vorbeikomme."

Glaube und Hoffnung, da blätterte Ede in seiner Familien-Geschichte. "Meine Großmama Agnieszka, die so um 1900 nach Gelsenkirchen kam, rutschte dauernd auf den Knieen rum. Dabei brabbelte Omma Agnes, die auch später nie ein Wort Deutsch gelernt hat, unentwegt in so einem polnischen Singsang. Genutzt hat es trotzdem nix. Für ihren Mann, den Leon Maslowski, gab's kein Glückauf. Er kam bei einem Grubenbrand ums Leben."

Edes Vater Siegfried sprach trotz seines treudeutschen Namens auch nicht ganz astrein deutsch. "Wegen der Nazis hatte er sich von Zsigniew oder so ähnlich in den deutschen Heldennamen umtaufen lassen." Den Nachnamen Maslowski behielt er. Etwas Polnisches sollte bleiben. "Hätte er sich zum Beispiel wie Nachbarn bei uns in der Kolonie aus Maslowski in Mahoff umschreiben lassen, man hätte trotzdem an seinem harten Deutsch erkannt, dass er ein Krakuse war."

So etwas ähnliches wie Deutsch hatte Edes Vater erst im Alter von zehn Jahren zu sprechen begonnen. "Ich dagegen lernte sauberes Hochdeutsch von der Pike auf. Deshalb sprech' ich ja oft so geschwollen." Der Grund dafür war Edes Mutter Gerda. Sie stammte aus einem Kaff in Niedersachsen. Sie war vernarrt in den kleinen Ede, sie war glücklich mit Siegfried, aber unglücklich im Pott. "Sie litt unter den qualmenden Schloten und starb früh an Krebs. Ihr Siegfried hat sich danach aus Kummer zu Tode gesoffen."

Von seinem weiteren Werdegang, der sicher nicht leicht war, erzählte Ede so gut wie nichts. "Scheiß Krieg",sagte er. "Ich war im Endkampf ja mehr so Kanonenfutter. Aber ich hab' überlebt. Sonst säße ich hier ja nicht."

Im Alter suchte Ede jetzt nach seinen Wurzeln. Bei der Wohnungs-Auflösung vor seinem Umzug ins Heim fand er ein altes Buch, dem er vorher nie Beachtung geschenkt hatte. Es war ein Adressbuch der Stadt Steele mit dem Amt Königssteele und einem Anhang der Gemeinde Kray aus dem Jahr 1898. Das hatte wohl sein Opa Leon bekommen, als er 1899 in den Pott kam. Polnische Einwanderer wurden damals über die zentrale Anlaufstelle Bahnhof Gelsenkirchen auf die umliegenden Pütts verteilt. Nach Bottrop, Gladbeck, Kray und Schalke eben, wo die Maslowskis damals länger wohnten.

Geradezu hingerissen war Ede von den Namen der polnischen Bürger von einst, die für jeden Deutschen Zungenbrecher waren und die man eigentlich nur auf der Klüngelskerl-Flöte spielen konnte. Ede hatte die außergewöhnlichsten Namen aus dem Buch für mich fein säuberlich abgeschrieben. Das Buch selbst gab er nicht aus der Hand. "Es ist total vergilbt und brüchig. Und die Seiten fallen leicht raus."

Die Namen faszinierten nicht nur Ede, auch mich. Sogar Willi Bongarts, der einen Blick auf sie geworfen hatte, grunzte etwas. War es Verwunderung? Oder war es jener Dünkel, den viele "Eingeborene" hier ja in Bezug auf die zugezogenen Paselacken oder Krakowiaks immer zeigten?

Die Namen waren ein Stück ur-polnischer Ruhrpott-Geschichte. Später ließen

sich die "Unaussprechlichen" eindeut-
schen. Einmal als Vereinfachung für die
Ämter. Zum anderen, weil ein "arischer"
deutscher Name in der Nazizeit weniger
Probleme bereitete als die Skiskibowskis
und Krzeskotowskis.

"Skiskibowski war für eingebürgerte
Polen immer so ein Spottname nach dem
Motto: Buchstabier domma Skiskibowski",
sagte Ede. Ski - ski -bow - ski!
Aber Krzeskotowski ist echt. Davon
gab's in Kray gleich drei."

Und: Kukiolezynski, Knaswiewski,
Nocworocky, Nowackwosky, Ogradowc-
zyk, Przybyse, Srafranczak, Szvorzinsky,
Szynezewski, Szumigala.

Die Vornamen waren Ignatz, Kaspa-
rek, Leon, Casimir, Ladislav, Sylvester,
Boguslav und ganz häufig Stanislav. Ede
mit gewissem Bedauern: "Die Stanis sind
alle weg. Dafür haben wir jetzt jede Menge Mehmeds."

Was bleibt in der Erinnerung sind die
Namen großer Fußballer mit ki am Ende,
die Ede dann runterbetete, ob sie nun
von Schalke oder - pfui - von Borussia

waren. "Tibulski, Kalwitzki, Tilkowski, Kwiatkowski, Kasperski, Sawitzki, Kapitulski, Schlebrowski, Konopczinski", brabbelte er wie einst Omma Agnes bei ihren Gebeten.

"Weißt du eigentlich, was ki am Ende des Namens bedeutet?" fragte er mich und auch den Willi, der die Antwort schuldig blieb, aber grunzte und nickte. "Ki am Ende heißt nix anderes als wie Sohn." Sadlowski, Matzkowski, Koslowski und letztlich ja auch der Ede Maslowski - allet Söhne vonne Ruhr!

Zockerjahre

Bei seinen weiteren Studien im alten Adressbuch fand Ede etwas, das sowohl ihn als auch mich verblüffte. "Kannst du dir vorstellen, dass es schon vor 1900 Italiener im Pott gab? Ich hatte immer gedacht, dass die erst so in den Fünfziger Jahren als Gastarbeiter gekommen sind. Erst als Eisklätscher, danach als Pizzabäcker."

Bürger im Adressbuch von 1898 aber waren wie große Oper, hatten Namen wie Musik: Giovanni Bortussi, Fiovaranti Cabonarde, Fortunato Carbonari, Albino Marzarie, Benevonuto Mazari, Peretto Rinaldo, Peretto Schehrerino.

Italiener waren lange vor den Polen da. Italiener waren damals auch keine Bergbau-Hilfsarbeiter, sondern sehr gesuchte Sprengmeister für den Bau neuer Schächte. Zumeist kamen sie aus Südtirol, wo sie im Tunnelbau der Alpen Erfahrung gesammelt hatten. Jetzt "untertunnelten" sie das einst so friedvolle Bauern-

land an der Ruhr, wo Schlote und Förder-
türme bald die Landschaft veränderten.

Mit Italienern hatte der kleine Ede in
seinem Leben nicht so gute Erfahrungen
gemacht. Zuerst mit Romeo, dem eiskal-
ten Eisfritzen. Dann mit Adriano, der sich
Fremden immer so vorstellte: "Iche heiße
Adriano, wie Celentano, leider nur Monti
und kanne nichte singe."

Monti war Besitzer des "Monti", das
für Schalkes Fußballer so etwas wie eine
zweite Heimat war. Zum einen als Edel-
Fressladen, darüber hinaus in den Hinter-
zimmern als Zockerhöhle für Karten- und
Würfelspiel.

Adriano hatte Ede als Kellner eingestellt, aber mehr als Abräumer denn als
Aufträger. Mit vollen Tabletts hatte der
Schmachtlappen so seine Probleme.
Dass er den Job trotzdem bekommen
hatte, war einem Schalke-Star zu verdan-
ken, der ein Wort für Ede eingelegt, ihn
aber auch gleich gewarnt hatte: " Pass
auf, dass der abgewichste Spaghetti dich
nicht übers Ohr haut. Der ist aus Süditali-
en, ein Mischling aus Mafia und Cosa No-
stra."

Glücksspiele im Hinterzimmer, da gestand mir Ede, dass auch er da äußerst gefährdet war. Sein Glück war, dass er nie genügend Kohle hatte. Für Automaten in der Kneipe hatte es ja gerade noch gelangt. Um beim schrägen Adriano mitzumischen reichte es aber bei Ede nicht. Denn da wurde um Einsätze gespielt und gewürfelt, die weit über das nicht nur körperliche Höhenmaß des Edmund Maslowski hinausgingen.

Beim Servieren oder besser Abservieren begnügte sich Ede damit, den schrägen Vögeln, die gelegentlich mit den Schalker Spielern zockten, in die Karten zu linsen. Nicht von oben über die Schulter, mehr so aus seiner speziellen Perspektive von unten, wenn die Jungs ihre Karten verdeckt hielten. Einmal hatte ihn einer der Zocker dabei erwischt und angeblafft: "Verpiss dich, du Zwerg!"

Am nächsten Tag wurde Ede, der Abservierer, von Adriano abserviert. Es klang fast bedauernd, war aber nicht ehrlich, als Signore Monti wie aus heiterem Himmel sagte: "Ede, musse dich feuern. Isse Beschwerde vonne beste Kundschafte, weil du kucke immer in Karten und gäbe Tippe an Schalkere."

Schadenfreude ist die beste Freude. "Kurz nach meinem Rauswurf wurde das Monti dicht gemacht", freute sich Ede noch nachträglich.

Einer Schießerei ohne größere Folgen folgte eine Groß-Razzia mit Erfolgen. Glücksspiel, Drogen, auch Prostitution - die ganze Palette war im "Monti" angesagt. Adriano, der nichte konnte singe wie Celentano, sang jetzt bei der Polizei über seine Hintermänner.

Charly Neumann half wieder einmal, stellte Ede in seinem "Waldhaus" ein. "Und wieder war ich gefährdet. Denn das Waldhaus lag direkt an der Trabrennbahn."

Wie Ede wetteten da auch Schalker Spieler. Einige hatten eigene Pferde und waren auch Fahrer. "Selbst der Boss Rahn versuchte sich mal als Fahrer, wie Fichtel, Nigbur und der Spargel Bongartz." Ede saß nur einmal im Sulky. Wurde nichts: Viel zu kurze Beine!

Neben der Liebe zu den Gäulen hatten Schalker Spieler wie Klaus Fichtel auch eine besondere Liebe zu anderen "Rennpferdchen". Keine zweibeinigen, wie sie vorher im "Monti" auf die Bahn gingen. Flugtauben waren es, die im Pott die Rennpferde des kleinen Mannes genannt wurden.

Ede war auch immer ein kleiner Mann, nicht nur der Länge nach. Ein neues Kapitel in seinem Leben betraf jetzt die kleinen Flieger, die er im großen Schlag eines Freundes züchten durfte. "Die meisten landeten ja im Kochtopf, wenn sie nur Fresser waren und nichts reinflogen", sagte Ede bedauernd. "Aber ich habe nie einem meiner Vögel den Hals umgedreht. Das konnte ich einfach nicht."

Kurz leuchteten dann Edes Augen. "Ich hatte mal einen Vogel, der Großes versprach. Andere Züchter hatten mir schon einen Haufen Geld für den Hellblauen geboten. Doch ich wollte ihn nicht hergeben."

Was ein Fehler war und "tragisch" endete. "Vor seinem letzten Flug hatte ich meinen Super-Vogel ein paar Tage lang

getrennt von seinem Täubchen einge-
sperrt. Das macht man so - Liebesentzug! Erst vor der großen Reise im Tau-
ben-Container zeigten wir dem soge-
nannten Witwer noch einmal sein Täubchen, damit er vor lauter Liebeslust auf
dem Heimflug mächtig Gas gab, um ganz
fix wieder um sein Schätzchen rumgurren
zu können."

Ede machte eine längere Pause,
guckte so, als wolle er gleich wieder in
Tränen ausbrechen. Dann sagte er mit einem Würgen in der Stimme. "Mein hell-
blauer Stolz kam nicht zurück."

Den Text des Taubenvatter-Liedes
hatte er auswendig im Kopf. Jetzt sagte
er ihn ohne Stocken auf. In der Sprache
der Ruhr, die er sonst meist vermied.

Oh, du schönen blauen Vogel
kehrs aus Stade nich zurück
Hass mich manchen Preis geflogen
plötzlich traf dich dein Geschick

Inne Klauen vonnen Habicht
fandest du sehr wenig Raum
dat schrieb mich en jungen Förster
der den Räuber schoss vom Baum

Wat fürt Härz

Ede hatte eine Klarsicht-Hülle in der Hand, wie sie in Ordnern benutzt wird. Darin ein weißes Blatt, auf das er fein säuberlich ein aus einer Zeitung ausgeschnittenes Foto geklebt hatte. Es zeigte vier Männer auf den verunkrauteten Rängen eines Stadions. Unschwer zu erkennen war dahinter die Tribüne eines "Kultur-Denkmals".

Der Fotograf hatte die vier älteren Herren für eine Geschichte zusammengeführt, in der es um die Weiterverwendung der legendären Schalker Glückauf-Kampfbahn ging. Die Männer auf dem Foto mitten im Gestrüpp der überwucherten Ränge und vor umgekippten Wellenbrechern hatten einst für Wellen der Begeisterung gesorgt, wenn sie unten auf dem Rasen den "Kreisel" zelebrierten. Hermann Eppenhoff, Ernst Kuzorra, Ötte Tibulski und Herbert Burdenski waren große Schalker.

Das Besondere an dem Foto aber war für Ede, dass die Heroen von früher genau oberhalb des Tores standen, in das der kleine Fummler nach eigener Aussage dem Anton Turek den Strafstoß reingekullert hatte.

Der Mann ganz rechts auf dem Bild hatte einst, man schrieb das Jahr 1950, deutsche Fußballgeschichte geschrieben: Herbert Burdenski. Im ersten deutschen Länderspiel nach längerer Zwangspause nach dem Krieg hatte "Budde", der da schon für Werder Bremen spielte, in Stuttgart das 1:0-Siegtor gegen die Schweiz geschossen. Mit einem plazierten, knallharten Schuss - vom Elfmeterpunkt. Fach-Kommentar dazu von Ede: "Der Budde war mehr so einer wie der Paul Matzkowski. Ein athletischer Verteidiger mit Kawumm und nicht so ein kleiner Schmachtlappen wie der Edmund Maslowski."

Als mein Freund und Bankdrücker jetzt das Foto betrachtete, sagte er ganz versonnen und nicht ohne Hintergedanken: "Ich würde ja zu gerne sehen, wie es da heute in der Glückauf aussieht." Ein Wink mit dem Zaunpfahl...

Ich verstand und sagte: "Wenn du es möchtest, könnte ich dich doch da mal hinfahren." Ede hatte wohl nichts anderes erwartet. War aber trotzdem ganz gerührt und stotterte: "Wenn du das machen würdest - danke!"

Die Route seiner Nostalgie-Tour hatte er schon ausgearbeitet. "Wir könnten ja an der Glückauf-Kampfbahn bei Bosch ein Bierchen zischen, danach einen Stopp in Schalke machen und dann an der Trabrennbahn vorbei nach Katernberg fahren."

Stationen seines Lebens: Schalker Markt, Grillo- und Grenzstraße, die Rennbahn und der Monte Katerno. Erst neulich war ich in Katernberg da noch langgefahren. Vorbei an Mietskasernen, an denen man vor lauter Schüsseln den abbröckelnden Putz kaum noch sehen konnte. Dafür auf den Straßen vornehmlich Frauen mit Kopftüchern.

"Von Katernberg über Kray zur A 40 - ich könnte dann an Zeche Bonifatius vorbeifahren. Das ist kaum ein Umweg", spann ich den Faden weiter.

Ede nochmal auf Bonni, da blickte er skeptisch. "Ich habe gehört, dass sie meinen Pütt auch aufgehübscht haben. Da soll ja jetzt ein Wein-Großhandel sein." Und dann lachte er schallend und redete Klartext in der Sprache der Kumpel: "Wat fürne bescheuerte Welt! Wein auffem Pütt! Da krisse doch glatt dat Sodbrennen."

Gegen Sodbrennen, das die Kumpels wegen des Staubs vor Kohle runterspülen mussten, half vor dem kalten Bier ein ganz besonderer Magenschmeichler. Der Samtkragen...

Ein Samtkragen war Kneipen-Kunst. In ein geeistes Schnapsglas mit eiskaltem Korn setzte der Wirt mit einem ganz feinen Haargießer oben an den Rand den zimmerwarmen Boonekamp. Ganz vorsichtig! Der Magenbitter durfte ja nicht durchsacken und das ganze Bild zerstören. Oben musste dann wie mit dem Lineal gezogen der Kragen stehen - aus Samt. Mit "Ex und weck" wurde das göttliche Getränk, bei dem sich Frauen immer schüttelten, in einem Zug gekippt.

"Ede, ich weiß, wo man noch einen richtigen Samtkragen kriegt. Da fahren wir dann nach unserer Tour auch noch hin", versprach ich.

Ede freute sich. "Ich war ja nie ein Schluckspecht. In den kleinen Edmund Maslowski ging ja auch nicht viel rein. Aber sonn Samtkragen, dat war wat ganz Feinet. Echt wat fürt Härz."

Noch Leben drin...

Die Fahrt mit Ede zu den Orten seines früheren "Wirkens" musste verschoben werden. Ich war länger beruflich verhindert.

Als ich danach bei Tante Carola anrief und meinen Besuch ankündigte, sagte sie: "Ich freue mich. Sonst kommt ja keiner mehr." Auch nicht Ede, ihr tagtäglicher Besucher? Es entstand eine Pause am anderen Ende. "Der kann nicht mehr kommen. Er hatte einen Schlaganfall. Ich glaube, er ist ein Pflegefall."

Noch bevor ich am Tag danach Carola besuchte, schaute ich bei Ede vorbei. Ich kannte ja sein Zimmer. Auf dem Gang traf ich Jola, die polnische Pflegerin. "Sie können ruhig reingehen. Ich bin sicher, dass der Herr Maslowski sich bestimmt über ihren Besuch freut. Sie müssen nicht klopfen, der Herr Maslowski kann nicht zur Tür kommen. Der Herr Maslowski liegt ja im Bett."

Ich öffnete vorsichtig die Tür. Ein Höllenlärm schlug mir entgegen. Ach ja -

Ede hörte ja schlecht und nur noch auf einem Ohr. "Ede, ich bin's", brüllte ich gegen den Fernseher an. Es dauerte, bis er nach Wühlen mit der linken Hand in der Falte der Bettdecke die Fernbedienung gefunden hatte und das Geschrei und Gepöbele einer Gerichts-Show leiser stellen konnte.

"Schön, dass du kommst", sagte Ede. "Ich hatte schon befürchtet, dass ich dich nicht mehr sehen würde und ich dir den Rest meines Lebens nicht mehr erzählen könnte."

Den Rest seines Lebens? Da war wohl nicht mehr so viel zu erwarten. Der Schlag hatte den kleinen Fummler härter getroffen als früher jeder noch so hinterhältige Tritt eines Verteidigers auf dem Platz.

Da lag er nun flach in seinem blauen Schalke-Trikot. Ans Bett gefesselt, rechtsseitig gelähmt und auf Jolas Hilfe angewiesen. "Ich bin jetzt Linkswichser", sagte Ede gequält grinsend. "Wenn mich früher einer im Spiel mit dem Wort beschimpft hätte, dann wäre ich ihm an die

Gurgel gesprungen und hätte ihm die Fresse poliert."

Ich stellte mir vor, wie das kleine Großmaul an einem wie mir mit 1.92 m Größe hochgesprungen wäre. Ich musste trotz des Ernstes der Lage lächeln. Nicht einmal bei Jola hätte er das geschafft. Sie war nämlich ein Mordsweib. Bestimmt 1.80 groß, breite Schultern, Riesen-Busen. Genau nach Edes Geschmack. Und dann war bei ihr ja auch noch das Polackische, das Ede besonders anmachte.

Jetzt war er voll in der Hand dieser Polen-Walküre. Trotzdem sang er das hohe Lied auf seine Pflegerin. "Sie macht mir mein letztes bisschen Leben angenehm. Sie hebt mich aus dem Bett, sie wäscht und duscht mich und ist auch noch was fürs Auge."

Wenn Ede in ihren tiefen Ausschnitt linsen konnte, dann war er hin und weg. "Manchmal lasse ich ihn, wenn ich ihn aus dem Bett hebe, dabei auch meinen Busen berühren", sagte Jola mir später auf dem Gang. "Das macht ihn dann noch ganz schön an."

"Ich bin jetzt Linkswichser," hatte Ede ja gleich bei meinem Eintritt gesagt. Sollte man es wörtlich nehmen?

Jola lachte: "Warum denn nicht? Wenigstens da ist ja noch Leben drin."

Ich geh' dann mal!

Bei meinem nächsten Doppelbesuch bei Carola und Ede traf ich vor dem Heim Willi Bongarts, der gerade zu seinem Stammplatz auf dem Bänkchen gehen wollte. Mit tieftrauriger Miene blickte Willi fast durch mich durch. "Der Ede hat fertig", sagte er urplötzlich wie ehemals Giovanni Trappatoni in seiner berühmten Wutrede.

Ich stand wie vom Donner gerührt. Edes so schneller Tod war ein Schock. Doch die Verblüffung darüber, dass Willi sprach oder sprechen konnte, war fast noch größer als die traurige Nachricht. "Sie können ja sprechen", sagte ich stotternd. Da huschte ein Lächeln über Willis Gesicht.

Es war ganz anders als das Dauerlächeln, das er sonst immer zeigte. "Ja", sagte er, als sei es die normalste Sache der Welt. "Aber seit man mich hier reingeschafft hat, habe ich das Sprechen eingestellt."

Wie Ede hatte auch Willi ja bisher mit keinem im Haus geredet. Und untereinander auf dem Bänkchen? "Wir haben uns ausgetauscht", sagte Willi. "Aber das bekam keiner hier mit. Und wenn sie mit dabei waren auf unserer Bank, dann war ich stumm wie ein Fisch."

Nachdem Willi jetzt sein Schweigen gebrochen hatte, wollte ich mehr wissen. "Ich möchte ja nicht aufdringlich sein, aber können sie mir etwas über Ede sagen, das über das, was er mir selbst über sein Leben erzählte, hinausgeht?"

Willi Bongarts überlegte nur kurz. "Ich will den Edmund im Nachhinein nicht bloßstellen. Nur soviel: Er war kein Schalker. Hat nie für Schalke gespielt, nur für Katernberg. Daher kannte er wohl auch den Helmut Rahn. Ob näher? Ich glaube es nicht. Und das mit dem Herberger noch weniger."

Ein Leben als Hirngespinst? Und sein Sohn in Australien, sein Besuch in Down Under? Bongarts wusste nur soviel: "Er hatte einen Sohn. Aber seit Kindertagen hatte er ihn nicht mehr gesehen. Nicht hier, noch in Australien. Und über Coober

Pedy und die Opal-Buddler war mal was im Fernsehen."

Mehr sagte Willi Bongarts nicht. Bevor er ganz gebeugt auf die leere Bank neben der Kirche zusteuerte, beendete er unser Gespräch mit dem einen Satz, den alle im Heim nur von Ede kannten: "Ich geh' dann mal."

Auf dem Gang zu Edes Zimmer, wo ich Abschied nehmen wollte von meinem kleinen Freund, traf ich die traurige Jola. "Den Herrn Maslowski haben sie schon abgeholt. Er ist friedlich gegangen. Ich fand ihn heute morgen wie schlafend in seinem Bett. Er hatte ein Lächeln im Gesicht."

Am Tag zuvor hatte Ede sie gebeten, mir zwei Sachen zu geben. Einmal das Stielglas mit dem Kohlebrocken darin. Ede hatte einen Zettel dazugesteckt. Auf einem abgerissenen Zeitungsrand hatte er "Dein Bergmännchen" gekritzelt.

Dann hatte er Jola noch ein Foto in die Hand gedrückt. Es war mehr eine Postkarte, die Ecken angeknickt, in der

Mitte ein kleiner Einriss. "Kennen sie den alten Mann darauf?" fragte mich Jola.

Ich erkannte ihn, noch bevor ich die leicht verblasste Widmung gelesen hatte: "Für Ede, herzlichst! Sepp Herberger."

Ich musste schlucken, als ich den alten Sepp in seiner Strick-Trainingsjacke sah, wie er sie immer in Spiez getragen hatte, bevor Deutschland 1954 im Dauerregen von Wankdorf Weltmeister geworden war. Wie war doch noch Herbergers bekanntester Spruch? "Das nächste Spiel ist immer das schwerste."

Ede hatte es verloren. Und sich für immer verabschiedet: "Ich geh' dann mal!"

Das Stielglas mit dem Stück Kohle darin steht jetzt in meinem Arbeitszimmer auf der Fensterbank. Wenn die Sonne scheint, dann funkelt der schwarze Diamant - ein Gruß von Ede von ganz tief unten. Oder vielleicht doch eher von ganz hoch oben.

Der Essener Journalist Jürgen Meyer berichtete 35 Jahre lang als Bundesliga-Reporter über Borussia Mönchengladbach (in der großen Zeit von Netzer, Heynckes, Vogts) sowie über Schalke und Dortmund. Als Ruhrgebiets-Autor veröffentlichte er Bücher wie: Panhas am Schwenkmast, Wat issen Tacken noch wert? und das Ruhrpott-Wörterbuch Wat is? Is wat?